CALOR do SANGUE

Irène Némirovsky

CALOR do SANGUE

Tradução de
VERA GERTEL

EDITORA RECORD
RIO DE JANEIRO • SÃO PAULO
2009

CIP-Brasil. Catalogação-na-fonte
Sindicato Nacional dos Editores de Livros, RJ

N356c Némirovsky, Irène, 1903-1942
Calor do sangue / Irène Némirovsky; tradução de Vera Gertel. – Rio de Janeiro: Record, 2009.

Tradução de: Chaleur du sang
ISBN 978-85-01-08170-4

1. Romance francês. I. Gertel, Vera, 1937-. II. Título.

09-2229 CDD: 843
CDU: 821.133.1-3

Texto revisado segundo Novo Acordo Ortográfico da Língua Portuguesa.

Título original em francês:
CHALEUR DU SANG

Direitos exclusivos de publicação em língua portuguesa
somente para o Brasil adquiridos pela
EDITORA RECORD LTDA.
Rua Argentina 171 – Rio de Janeiro, RJ – 20921-380 – Tel.: 2585-2000
que se reserva a propriedade literária desta tradução

Impresso no Brasil

ISBN 978-85-01-08170-4

PEDIDOS PELO REEMBOLSO POSTAL
Caixa Postal 23.052 – Rio de Janeiro, RJ – 20922-970

Para Olivier Rubinstein,
este último romance de minha mãe,
para os descobridores
Olivier Philipponnat e Patrick Lienhardt
e para todos que se envolveram
neste *Calor do sangue*.

Denise Epstein

PREFÁCIO

Os paraísos perdidos de Irène Némirovsky

Tinha 15 anos e seus poemas feéricos poupavam-na do grande tédio branco de Mustamäki, pequena vila finlandesa transformada em ancoradouro da rica sociedade de São Petersburgo, no tempo de uma revolução. Os parentes tinham fugido do terror bolchevique; ela sonhava — em versos — com a revanche de Blanchette:

Pequena cabra pastando na montanha,
Galya dá pulos de felicidade.
O lobo cinza engolirá a pequena cabra
Mas ela engolia toda a humanidade...

A 6 de dezembro de 1937, quase vinte anos depois, Irène Némirovsky abre o fino caderno de anotações, testemunha de seus primeiros esforços literários. Encontra nele essa quadra e se expressa com ternura: "Se um dia vocês lerem isto, minhas filhas, vão me achar tola! Eu mesma me acho tão tola naquela idade feliz! Mas é preciso respeitar o passado.

Por isso não rasgo nada." São algumas palavras em tinta preta para selar seus reencontros com a adolescente que, então, não era mais completamente russa, nem já francesa, nem conscientemente judia.

Ela não rasga nada, portanto, e logo se põe em busca de novos assuntos, cuidadosamente numerados de 1 a 27. Já em 1934, pouco depois da morte do pai, um mergulho nos vestígios da infância lhe fornecera material para três romances e algumas novelas, todos esboçados em desordem num manuscrito prolífico, meio rascunho meio diário, batizado "o Monstro". Quatro anos depois, esse fabuloso animal estava exangue. De suas entranhas nasceram "Les Fumées du Vin" [Vapores do vinho], *Le Vin de solitude* [O vinho da solidão], *Jézabel* [Jezabel] e até *Deux* [Dois], que seria publicado em 1938. A plena maturidade de sua obra.

Irène Némirovsky também está exausta: um romance por ano desde 1927, dezenas de novelas, um pedido de naturalização em andamento desde 1935, uma herança reduzida a nada por uma mãe neuropática que a obriga a publicar sem descanso para manter o status na república das letras, nas revistas de grande tiragem, sem considerar o conteúdo político: *Gringoire*, *Marianne*, a imponente *Revue des Deux Mondes*, em breve *Candide*. Os proventos do marido, empregado de banco, são três vezes inferiores aos seus. "Papai e mamãe precisam comer", dizia Tchekov. Havia ainda as filhas: Denise, 8 anos, e a pequena Elisabeth, nascida em 20 de março de 1937.

Às vezes, perde a coragem. Suspende então a necessidade e se liberta: "Inquietude, tristeza, desejo louco de segurança. Sim, eis o que busco sem encontrar, que só o paraíso pode me dar: segurança. Eu me lembro de Renan: 'Do seio de Deus onde você repousa.' Confiante e segura, abrigada no seio de Deus. E, no entanto, amo a vida" (5 de junho de 1937).

Aos 34 anos, alcança o apogeu e sabe disso. O encontro com o caderno de notas a faz mergulhar na melancolia. Três das novelas esboçadas ali são meditações sobre as fases da vida e a fuga do tempo. Em "La Confidence" [A confiança], ela se imagina uma velha professora tirando a limpo seu caro passado sob os sarcasmos de Colette, sua insolente aluna; "e isto, e a fadiga, e o pressentimento desta morte próxima que teme a enchem de perturbação, fazendo vir à tona, mais fortes do que nunca, as velhas lembranças". Em "Magie" [Magia], ela rememora aqueles russos da colônia finlandesa que "voltaram para seu país e desapareceram em seguida como se jogados no fundo d'água". Em "Le Départ pour la fête" [Ida à festa], enfim, ela procura tratar da "vã espera pela felicidade no começo da vida", da perda do reino infantil e da sensação que se tem, aos quarenta anos, "de perder pé, de afundar nas águas profundas". Este terror da água negra — permanente, desde o afogamento de Tatiana em *Les Mouches d'automne* [Moscas de outono] até o do abade Péricard em *Suíte francesa* (publicado no Brasil pela Companhia das Letras) — nós o encontraremos em *Calor do sangue*: é a queda mortal do moleiro Jean Dorin no pântano do Moulin-Neuf.

Calor do sangue: este ainda não é o título do romance — ou, ela hesita, da novela — cuja ideia lhe veio espontaneamente em 6 de dezembro de 1937. Mas os contornos já estavam delineados: "Assuntos nov. e rom. Penso em *Jovens e velhos*. Para romance (uma peça seria melhor). Austeridade, pureza dos pais que foram jovens e culpados. Impossibilidade de compreender este 'calor do sangue'. Ação possível. Inconveniente: nenhum tipo bem definido." Conflito de gerações: era o assunto de "La Confidence". Pior, a amnésia dos pais, impotentes para reconhecerem a si próprios nos erros dos filhos. Pelo menos dois de seus romances citam Ezequiel: "Os pais comeram as uvas verdes e os dentes dos filhos se embotaram." Aqui se trata de François e Hélène, incrédulos diante do espetáculo de sua própria juventude, "como um velho cão olharia ratos dançarem"; e, no entanto, que parte hipócrita têm eles na fatalidade que atingiu a filha? Em *Deux*, romance publicado em folhetim de abril a julho de 1938, Antoine e Marianne veem por sua vez seus filhos cavar as trilhas do amor e do destino, acreditando assim escolher o caminho. Se a juventude soubesse...

Durante o verão de 1938, Irène Némirovsky releu *À sombra das raparigas em flor*. Encontrou nele "la chose merveilleuse" de Proust, e de tão procurada, parece melhor apresentar o tema que aborda:

> Não se ganha sabedoria, é preciso descobri-la sozinha depois de um trajeto que ninguém pode fazer por nós, nem nos poupar, porque ela é um ponto de vista sobre as coisas. As vidas que admiramos, as atitudes que consideramos nobres, nada disso é disposto pelo pai de família ou pelo preceptor, mas sim precedido por começos bem diferentes, sob a influência do mal e da banalidade que reinavam em torno. Essas vidas e atitudes representam um combate e uma vitória.

Esse "trajeto" temerário da juventude na penumbra da vida é chamado por Irène Némirovsky de "calor do sangue". É o orgulho dos genes, o ardor coberto às vezes por anos sob a cinza antes de aniquilar uma existência pacientemente acumulada. É outro nome para o amor, "esta chama de sonhos" que calcina seus próprios domínios. É o "fogo surdo e recôndito" que consome Brigitte e Marc, deixando Silvio arruinado. É a misteriosa avidez de viver, o "penoso e vão trabalho da juventude", o enigma do desejo que sabota as resoluções virtuosas, dá origem às resignações mórbidas e até à paz dos sentidos. Atiçado pelo instinto, mesmo um caráter forte acaba se dobrando; a moral se ruboriza, empalidece e depois se inclina, vencida. "Quem não teve a vida estranhamente deformada e curvada pelo fogo na contramão de sua natureza mais profunda?"

Um sangue caprichoso escorre pela obra de Irène Némirovsky. Subterrâneo ou aparente, esse vinho febril transforma os cães em lobos, os abandonados em assassinos e as moças em mulheres. Aquece o coração adormecido dos velhos tios. Divide os lares, desvia o curso pacífico da hereditariedade, avoluma os afluentes que afastam os romances-rios para longe de sua fonte. "Depois, é só contar os estragos." Toda a vida é forjada a golpes de sangue. Trata-se de algo conhecido logo cedo:

1931: "Eu também fui jovem, Lulitchka. Há muito tempo. Mas ainda me lembro do sangue jovem queimando nas veias. Você acha que isso se esquece?"[1]

1934: "É maravilhoso ter 20 anos. Será que todas as jovens sabem ver isso como eu, degustar esta felicidade, este ardor, este vigor, este calor do sangue?"[2]

[1]*Les Mouches d'automne*.
[2]"Dimanche", do livro homônimo.

1935: "Não posso mudar meu corpo, apagar este fogo que queima meu sangue."[1]

1936: "Bendito seja o mal, bendita seja a febre que solta suavemente os elos do corpo e dá uma sabedoria maior, uma lucidez mais sutil, um calor que reanima o sangue."[2]

O violento conflito cego entre morto e vivo, desejo e fatalidade, jovens e velhos: faltava apenas um cenário para este tema universal. Um tosco burgo do Morvan, é o escolhido para onde ela desce com o objetivo de procurar uma ama de leite para Elizabeth. A primeira menção da vila, em seu diário de trabalho, está datada de 25 de abril de 1938: "Retorno de Issy-l'Évêque: 4 dias de completa felicidade. Do que mais preciso? Agradeço a Deus por isso e pela esperança." Ela voltaria para lá em busca de alguma paz, longe do burburinho parisiense.

Que o leitor não se engane: é a própria Irène Némirovsky que, no meio deste livro, entra no Hôtel des Voyageurs: "Empurro a porta que balança um pequeno sino tiritante e eis que estou no salão do café, onde arde um grande aquecedor com seu núcleo vermelho, sombrio e enfumaçado. Espelhos refletem as mesas de mármore, o bilhar, sofá de couro com os assentos rachados, o calendário datando de 1919 no qual se vê uma alsaciana de meias brancas entre dois militares. [...] À minha frente, um espelho enquadra meu rosto enrugado, meu rosto tão misteriosamente mudado nos últimos anos que mal o reconheço." Esse retrato é um presságio, mas como ela poderia saber? Naquele hotel, passaria os primeiros

[1] *Le Vin de solitude*.
[2] "Liens du sang" [Laços de sangue], do livro *Dimanche*.

tempos da Ocupação e daria início à *Suíte francesa*, último romance no qual o sangue atinge um calor de fornalha. Homens, mulheres e crianças, levados ao ponto de fusão, trapaceiam, traem e matam.

Do sucesso fulgurante de *David Golder*, em 1930, até sua prisão em 1942, jamais seu próprio destino pareceu ter espantado Irène Némirovsky, a quem nada de humano e, sobretudo, desumano era estranho desde a Revolução. Sobre isso, observa Henri de Régnier: "É verdade que a matéria humana manipulada por Nimirovsky é mais que repugnante, mas ela a estuda com uma curiosidade apaixonada, comunicando-a ao leitor, estimulando-nos a partilhar dela. O interesse é mais forte que a aversão."[1] Essa curiosidade às vezes a manteve muito perto de seu destino, quando era preciso escapar de sua mordida. Mas, como diz Silvio, "era isto que queríamos. Queimar, nos consumir, devorar nossos dias como o fogo devora as florestas".

Construído como uma cadeia de enigmas, *Calor do sangue* descreve, no tom familiar do naturalista, um universo predador extremamente dissimulado. Eis, portanto, os "tipos bem definidos" que lhe faziam falta, os silêncios como só o campo francês é capaz de produzir! "Cada um vive por si, em seus domínios, desconfia do vizinho, recolhe seu trigo, conta os tostões e dá de ombros para o resto." Quando Brigitte é desmascarada, uma paciente hostilidade se instala na vila. O silêncio mantém o terror em equilíbrio. "Esta província tem verdadeiramente algo de isolada e selvagem, opulenta e desconfiada, que lembra épocas antigas." Tudo está armado

[1]H. de Régnier, "*David Golder*, por Irène Némirovsky", *Le Figaro*, 28 de dezembro de 1929.

para o drama de *Suíte francesa*. Como não destacar, nas páginas que se seguem, a "maldade esplendidamente agitada" dos habitantes da vila? Este será o tema de *Dolce*, segunda cortina de *Suíte francesa*, que reconstitui a vida de um vilarejo francês sob a Ocupação, que não é outro senão Issy-l'Évêque.

Durante essa guerra secreta, a vida dos sentidos continua. Assim como o olhar se acostuma à obscuridade, o leitor distingue aos poucos os bichos maltratados nas sombras do relato, que se acumularão no fim, destruindo em sua passagem o belo cenário campestre; relato antes ingênuo, depois tortuoso, que se aprofunda até revelar uma longa prática de mentalidades familiares, senão tribais. Mas, enquanto Irène Némirovsky revestia seus romances com máximas, aqui a moral surge nos meandros de uma conversa: "Ah, meu amigo, quando acontece alguma coisa na vida, você às vezes não pensa de que germe isso veio? Não sei como explicar... Imagine um campo no momento da semeadura, tudo que há dentro de um grão de trigo, as futuras colheitas... Pois é, na vida, é exatamente a mesma coisa." Com isso, traduz em terras da Borgonha o provérbio ucraniano que tanto gostava de citar: "Basta a um homem um único grão de sorte na vida; mas, sem este grão, ele não é nada." Pois *Calor do sangue*, no final das contas, interroga seu próprio enigma: teria ela se tornado a romancista de *David Golder* sem a conformação tão singular de seu meio de origem? Sem o magnífico orgulho que a devorava, será que ela não teria tomado a mãe como modelo, petrificando-se numa juventude artificial à força de cremes, suficiência e avareza? Teria ela assim adivinhado o mundo camponês, ilustrando tão de perto seus trabalhos e seus dias, sem aquela "curiosidade apaixonada" que Henri de Régnier observou em sua obra?

Irène Némirovsky não mudou o nome do hotel, nem o de Moulin-Neuf, perto do pântano, a um quilômetro d'Issy pelo caminho da fazenda Montjeu. Teria sido esta sua decisão se *Calor de sangue* tivesse sido publicado enquanto ela vivia? Objeto de estudo desde o final de 1937, o manuscrito foi provavelmente redigido durante o verão de 1941, em Issy-l'Évêque. A romancista se instalou no Hôtel des Voyageurs com Denise e Elisabeth durante os últimos dias de maio. Com a ajuda do ócio, pôde observar seus personagens no lazer, cujos nomes não seriam todos despistados. Duas vezes, em seu caderno de anotações, ela ainda põe em paralelo *Calor do sangue* e *Captivité* [Cativeiro], que seria a terceira parte de *Suíte francesa* e da qual só existem esboços. Portanto, é provável que ela tenha trabalhado até 1942 nesta parábola sobre o primado dos sentidos e a falsa sabedoria.

Durante muito tempo só sobreviveram páginas preliminares deste relato. Uma vez terminado, como era seu hábito, Irène Némirovsky passou o manuscrito para o marido, Michel Epstein, responsável pela datilografia. Mas o trabalho de Epstein foi interrompido no meio de uma frase. E do manuscrito propriamente dito parecem só ter sobrevivido duas páginas. Teria Michel abandonado a tarefa depois da prisão de sua mulher pela polícia, a 13 de julho de 1942? Da mesma forma que *Suíte francesa,* estas páginas compõem o legado póstumo da escritora, velado durante mais de sessenta anos por sua filha Denise Epstein. *Calor do sangue* teria, portanto, permanecido inédito se, na primavera de 1942, Irène Némirovsky não tivesse tido a presença de espírito de guardar um monte de rascunhos e manuscritos, esquecidos até serem doados ao centro de arquivos do Imec (Institut Mémoires de l'Édition Contemporaine), em 2005. Este conjunto continha seu diário de trabalho desde 1933, as versões sucessivas de vários de seus romances — entre os quais *David Golder* —, mas também a parte que faltava do presente romance: trinta páginas escritas à mão, em linhas apertadas, pouco rabiscadas, claras como datilografia, e que permitiram completar esta tragédia rural.

Em Issy-l'Évêque, Irène Némirovsky descobriu uma arcádia francesa que lega a *Calor de sangue* um incomparável sabor de terra e água, que teria respirado até os últimos instantes nos bosques e nos prados onde se deitava para escrever — "um perfume vivo e ávido que alivia e traz felicidade ao peito". E, no entanto — este é o sentido de todo o livro — ela não esquecia que, mesmo na arcádia, a colheita jamais está garantida. Porque, "se soubéssemos de antemão qual seria a colheita, quem semearia o próprio campo?"

OLIVIER PHILIPPONNAT
PATRICK LIENHARDT

Bebíamos um poncho suave, à moda de minha juventude. Estávamos sentados à lareira, meus primos Érard, os filhos e eu. Era uma tarde de outono, toda vermelha acima dos campos lavrados e molhados de chuva; o pôr do sol flamejante prometia um grande vento para o dia seguinte; corvos gralhavam. Nesta grande casa gelada o ar sopra de todos os lados com o gosto acre e frutado da estação. Minha prima Hélène e sua filha Colette tremiam sob os xales que eu lhes emprestara. Eram pashminas de minha mãe. Como todas as vezes em que vêm me ver, elas me perguntam como faço para viver neste buraco de ratos, e Colette, que está às vésperas de se casar, elogia os charmes do Moulin-Neuf onde vai morar de agora em diante. "Assim poderemos nos ver sempre, primo Silvio", dizia ela. Olhava-me com piedade. Sou velho, pobre, homem; enterro-me num casebre de camponês no fundo do bosque. Todo mundo sabe que viajei, que dei cabo de minha herança; filho pródigo, quando voltei a meu país natal, até o novilho gordo tinha morrido de velhice, depois de ter me esperado em vão por tanto tempo. Meus primos Érard, comparando mentalmente o destino deles ao meu, sem dúvida me perdoavam todo o dinheiro que lhes tomei emprestado sem devolver e faziam coro com Colette:

— Você vive aqui como um selvagem, pobre amigo. Vá para a casa da garota quando ela se mudar e passe lá a bela estação.

Tenho, no entanto, momentos felizes aqui, por mais que duvidem. Hoje, estou sozinho; caiu a primeira neve. Este lugar, no coração da França, é ao mesmo tempo selvagem e rico. Cada um vive por si, em seus domínios, desconfia do vizinho, recolhe seu trigo, conta os tostões e dá de ombros para o resto. Nem luxos, nem recepções. Aqui reina uma burguesia ainda muito próxima do povo, recém-saída dele, de sangue rico, que ama todos os bens da terra. Minha família ocupa a província com uma rede composta dos Érard, Chapelin, Benoît e Montrifaut; são grandes fazendeiros, notários, funcionários, proprietários de terra; têm casas opulentas, isoladas, construídas longe do burgo, defendidas por grandes portas imponentes, com ferrolhos triplos como portas de prisão, precedidas por jardins planos, quase sem flores: nada além de legumes e árvores frutíferas, podadas para produzir mais. Os salões são entupidos de móveis e sempre fechados; vive-se na cozinha para poupar fogo. Não falo de François e Hélène Érard, que fique claro; não conheço casa mais agradável nem mais acolhedora, nem lar mais íntimo, mais risonho e mais aquecido. Apesar disso, para mim, nada tem mais valor que uma noite como esta: a solidão completa; minha empregada que dorme no burgo acaba de voltar do galinheiro e vai para casa. Ouço o barulho de seus tamancos no caminho. Para mim, o cachimbo, o cão a meus pés, o barulho dos ratos no celeiro, o fogo que crepita, nada de jornais, de livros, apenas uma garrafa de Juliénas que esquenta suavemente perto dos ferros da chaminé.

— Por que o chamam de Silvio, primo? — pergunta Colette.

Eu respondo:

— Uma bela dama que se apaixonou por mim e achava que eu me parecia com um gondoleiro, porque naquela época, há trinta anos, eu tinha os bigodes compridos e retorcidos e cabelos pretos, mudou meu primeiro nome para Sylvestre.

— Não, você se parece com um fauno — exclama Colette — com essa grande testa, o nariz empinado, as orelhas pontudas e olhos que sorriem. Sylvestre, o homem da floresta. Cai muito bem.

Colette, de todas as filhas de Hélène, é a minha preferida. Não é bonita, mas tem o que prezo acima de tudo nas mulheres de meus tempos de juventude: fogo. Ela também, tem olhos que riem e a boca é grande; os cabelos pretos são finos e se enrolam em pequenos cachos sob o xale com que cobre a cabeça, pois não pretende sentir o vento na nuca. Dizem que ela se parece com Hélène quando jovem. Mas não me lembro. Desde o nascimento de seu terceiro filho, o pequeno Loulou, agora com 9 anos, Hélène engordou, e a mulher de 48 anos, de pele serena envelhecida, mascara em minha memória a Hélène de 20 anos que conheci. Agora, seu ar é de uma placidez; repousante. Esta noite em minha casa era uma visita de apresentação oficial: foram me apresentar o noivo de Colette. É um Jean Dorin, dos Dorin de Moulin-Neuf, moleiro de pai pra filho. Um belo rio, verde e espumoso, corre ao pé do moinho. Eu ia pescar truta nele quando o pai Dorin era vivo.

— Você vai nos fazer grandes pratos de peixe, Colette — peço.

François recusa meu ponche: ele só bebe água. Tem uma barbicha cinza pontuda e fina que acaricia suavemente com a mão.

— Quando você deixar o mundo, não vai sentir falta; ou melhor, quando o mundo deixar você, como fez comigo...

Porque às vezes tenho a sensação de ter sido rejeitado pela vida como se empurrado por um mar muito bravo. Encalhei numa margem triste, velho barco embora ainda sólido, mas de cores desbotadas pela água e descascadas pelo sal.

— Você não vai sentir falta de nada, pois não gosta de vinho, nem de caça, nem de mulheres.

— Vou sentir falta de minha mulher — respondeu ele sorrindo.

Foi então que Colette sentou-se perto da mãe e perguntou:

— Mamãe, conta o seu noivado com papai. Você nunca falou sobre seu casamento. Eu sei que foi uma história de romance, que vocês se amavam há muito tempo. Você nunca me contou. Por quê?

— Porque você nunca me perguntou.

— Mas estou perguntando agora.

Hélène se justificava rindo:

— Isso não lhe diz respeito — brincava.

— Você não quer falar porque incomoda; e não é por causa do primo Silvio: ele já deve saber de tudo. É por causa de Jean? Mas amanhã ele vai ser como um filho, mamãe. Ele precisa conhecer você como eu conheço. Eu queria tanto que nós vivêssemos com ele como você vive com papai! Tenho certeza de que vocês jamais brigaram.

— O problema não é Jean — explicou Hélène —, mas esses bobalhões — e mostrou os filhos com um sorriso. Sentados no chão de ladrilhos, com os bolsos cheios de pinhas, divertiam-se jogando-as no fogo e vendo-as estourarem nas chamas com um barulho vivo e nítido. Georges e Henri, de 15 e 13 anos, responderam:

— Se é por nossa causa, vá em frente, não se incomode. Não estamos interessados nas suas histórias de amor — a voz púbere de Georges continha desprezo.

Quanto ao pequeno Loulou, parecia dormir.

Mas Hélène balançava a cabeça e não queria falar. O noivo de Colette interveio timidamente:

— Vocês formam um casal modelo. E espero também... um dia... que nós...

Ele gaguejava. Tem aspecto de bom moço: uma figura magra, doce, com belos olhos inquietos de lebre. É curioso que Hélène e Colette, mãe e filha, tenham buscado para marido o mesmo tipo de homem, sensível, delicado, quase feminino, facilmente dominável e, ao mesmo tempo, reservado, arisco, quase pudico. Meu Deus! Eu não sou assim! Observei todos os sete. Estava um pouco afastado. Tínhamos comido na sala, única peça habitável de meu alojamento, além da cozinha; eu dormia numa espécie de sótão no celeiro. Esta sala sempre foi um pouco sombria e naquela noite de novembro estava tão escura que, quando o fogo diminuía, não se via nada além de grandes tachos, caldeirões pendurados na parede cujo cobre capta os menores clarões. Quando as chamas se reanimavam, faziam brilhar rostos plácidos, sorrisos complacentes, a mão de Hélène com sua aliança de ouro que acariciava os cachos do pequeno Loulou. Hélène usava uma roupa de seda azul de bolinhas brancas. O xale estampado com ramagens de minha mãe cobria seus ombros.

François estava sentado ao lado dela e todos os dois olhavam os filhos a seus pés. Eu quis reacender meu cachimbo e levantei no ar um pedaço de lenha em brasa que projetou sua luz sobre meu rosto. Não é possível que eu fosse o único a observar à volta, pois Colette não era cega. Foi quando ela exclamou de repente:

— Você está com um ar irônico, primo Silvio, notei várias vezes.

Depois, dirigiu-se ao pai:

— Continuo esperando o relato de seus amores, papai.

— Contarei — respondeu François — meu primeiro encontro com mamãe. Seu avô morava então no burgo. Como já sabe, tinha se casado duas vezes. Sua mãe era filha do primeiro casamento e sua madrasta, por seu lado, tinha uma filha, também de um primeiro marido. O que você não sabe é que me destinavam aquela jovem (a meia-irmã de sua mãe) como esposa.

— Que engraçado — fez Colette.

— É, veja o que é o destino. Eu entro pela primeira vez naquela casa, a reboque de meus pais. Eu ia para o casamento como um cachorrinho. Mas minha mãe, coitada, queria tanto me ver casado que praticamente implorou até conseguir aquele encontro que não me comprometia em nada, era o que frisava. Entramos. Imagine a sala de estar mais severa, mais fria, típica do interior. Havia sobre a chaminé dois archotes de bronze que representavam as chamas do Amor e que ainda lembro horrorizado.

— E eu então! — disse Hélène rindo. — Aquelas chamas glaciais, imóveis, tinham um valor simbólico em uma sala que nunca era aquecida...

— A segunda mulher de seu avô, vou falar a verdade, tinha um gênio terrível.

— Cale a boca — fez Hélène —, ela morreu.

— Graças... Mas sua mãe tem razão: paz aos mortos. Era uma senhora muito forte e ruiva, com um grande coque vermelho e a pele branca. A filha parecia um nabo. Todo o tempo que durou minha visita, aquela infeliz não parou de cruzar e descruzar, sobre os joelhos, as mãos inchadas de frio, sem dizer uma palavra. Era inverno. Elas nos ofereceram seis biscoitos amanteigados numa compoteira e chocolates cinza de tão velhos. Minha mãe, que era friorenta, espirrava sem parar. Encurtei o mais possível a visita. Quando finalmente saímos da casa, já debaixo de neve, vi as crianças que voltavam da escola vizinha e, entre elas, correndo e escorregando na neve, calçada com grossas galochas de madeira, vestida com uma pelerine vermelha, cabelos negros despenteados, bochechas vermelhas, neve na ponta do nariz e nos cílios, uma garota que tinha então 13 anos. Era sua mãe: estava sendo perseguida por garotos que lhe jogavam bolas de neve no pescoço. Estava a dois passos de mim; voltou-se; apertou a neve com as mãos e arremessou uma bola, rindo; depois, como seu tamanco estivesse cheio de neve, ela o tirou e ficou saltando num pé só em frente à porta, os cabelos pretos cobrindo o rosto. Depois de ter saído daquele salão glacial, com tantas pessoas contidas, você não imagina como aquela menina parecia viva e sedutora. Minha mãe me disse quem era. Naquele exato instante resolvi que era com ela que queria me casar. Podem rir, meus filhos. Foi menos por desejo ou vontade do que por uma espécie de visão. Eu a vi em pensamento no futuro, com alguns anos a mais, saindo da igreja ao meu lado, minha mulher. Ela não era feliz. O pai estava velho e doente; a madrasta não ligava para ela. Dei um jeito para que fosse convidada a ir à casa de meus pais. Eu a ajudava a fazer os deveres; emprestava-lhe livros; organizava piqueniques, pequenas festinhas para ela, só para ela. Ela nem desconfiava...

— Ah, claro que desconfiava — protestou Hélène e, sob os cabelos grisalhos, seus olhos ganharam um brilho malicioso e a boca, um sorriso muito jovem.

— Fui estudar em Paris; não se pede em casamento uma garota de 15 anos. Viajei, portanto, pensando que voltaria cinco anos depois e que teria sua mão, mas ela se casou aos 17 anos; desposou um bravo homem, muito mais velho. Ela teria se casado com qualquer um para fugir da madrasta.

— Nos últimos tempos — contou Hélène — ela estava tão avara que só tínhamos um par de luvas, minha meia-irmã e eu. Tínhamos de usar uma de cada vez para sair de casa. Na verdade, minha madrasta arranjava um jeito de me castigar a cada saída e era sua filha quem usava as luvas, belas luvas de camurça. Tinha tanto desejo por aquelas luvas que só a perspectiva de ter um par só para mim me faria dizer sim ao primeiro homem que me pedisse e que não me amasse. A gente é tão boba quando é jovem...

— Sofri muito — continuou François — e fiquei louco quando voltei e revi a jovem e linda mulher, um pouco triste, em que minha pequena amiga tinha se transformado. Mas ela — e se calou.

— Ah, como estão vermelhos! — exclamou Colette, batendo palmas e apontando ora o pai, ora a mãe. — Vamos, contem tudo! Foi quando começou o romance, não foi? Vocês se falaram, vocês se entenderam. Ele foi embora com a morte na alma, porque você não estava livre. Esperou muito fielmente e, quando você ficou viúva, voltou e se casou com você. Vocês viveram felizes e tiveram muitos filhos.

— É, foi exatamente isso — confirmou Hélène —, mas antes, meu Deus, quantas preocupações, quantas lágrimas! Tudo parecia tão difícil, tão irreconciliável! Tudo isso está tão longe... Quando meu primeiro marido morreu, seu pai estava viajando. Eu achava que ele tinha me esquecido, que não voltaria. Quando a gente é jovem tem tanta impaciência. Você maldiz cada dia que se perde para o amor. Por fim, ele voltou.

Já era noite lá fora. Eu me levantei e fechei as grandes janelas de madeira pesada que, no silêncio, emitem um lúgubre gemido. Este barulho os fez tremer e Hélène decidiu que era hora de ir para casa. Jean Dorin se levantou com docilidade para ir buscar no meu quarto os casacos das mulheres. Ouvi Colette perguntar:

— Mamãe, e sua meia-irmã, que fim levou?

— Ela morreu, minha querida. Você não lembra que, há sete anos, eu e seu pai fomos a um enterro em Coudray, na Nièvre? Era a pobre Cécile.

— Ela era tão má quanto a mãe?

— Ela? Ah, não, pobre criatura! Não havia mulher mais doce e mais condescendente. Ela gostava de mim e eu dela. Ela foi uma verdadeira irmã para mim.

— É engraçado que ela nunca tenha vindo nos visitar...

Hélène não respondeu. Colette fez ainda outra pergunta; a mãe também não respondeu. Enfim, como Colette insistisse, a mãe exclamou:

— Ora, tudo isso é tão antigo — e sua voz soou de repente estranha, alterada, longínqua, como se falasse em sonho.

Foi então que o noivo voltou com os casacos e nós partimos. Levei meus primos em casa, uma residência muito charmosa a quatro quilômetros daqui. Seguimos por um caminho reto e cheio de lama, os meninos na frente, com o pai, em seguida os noivos, depois Hélène e eu.

Hélène me falava dos jovens:

— Ele tem jeito de bom rapaz, esse Jean Dorin, não tem? Eles se conhecem há muito tempo. Têm toda a chance de serem felizes. Irão viver, como nós vivemos com François, uma existência tranquila, unida, digna... tranquila sobretudo... sem sobressaltos, sem turbulências... É tão difícil ser feliz? Acho que o Moulin-Neuf tem algo que acalma. Sempre sonhei com uma casa construída perto do rio, acordar de noite, no quente da cama, e ouvir a água correndo. Como uma criança, sonhando bem alto. Meu Deus, se a gente soubesse, aos 20 anos, como a vida é simples...

Eu me despedi deles no portão do jardim, que abriu com um rangido agudo e fechou numa nota grave, baixa, feito um toque de gongo que dá aos ouvidos um grande prazer, como um velho Bourgogne dá ao paladar. A casa é recoberta por uma parreira verde e cheia, percorrida ao menor vento por tremores ondulados, mas nesta estação só restavam algumas folhas secas e uma rede entrelaçada de fios de arame iluminados pela lua. Quando os Érard entraram, detive-me por um instante na estradinha com Jean Dorin e vi acenderem, uma a uma, as janelas do salão e dos quartos, brilhando com toda força e tranquilidade dentro da noite.

— Então contamos com você na cerimônia? — perguntou-me ansiosamente o noivo.

— Como não? Faz uns dez anos que não vou a uma festa de casamento — respondi — e vou rever as figuras de sempre: o glutão do interior, os rostos vermelhos dos beberrões, os garçons alugados de cidades vizinhas com cadeiras e a pista de dança, os sorvetes da sobremesa, o noivo sofrendo com sapatos apertados e, sobretudo, vindos de todos os cantos e recantos do campo ao redor, a família, os amigos, os parentes, os vizinhos perdidos de vista, às vezes durante anos, e que reaparecem de súbito como objetos trazidos pela água, cada um despertando na memória a lembrança de desavenças cuja origem se perde na noite do tempo, amores e ódios mortos, noivados rompidos e esquecidos, histórias de heranças e de processos...

O velho tio Chapelain que casou com a cozinheira, as duas moças Montrifaut, duas irmãs que não se falam há mais de 14 anos, apesar de morarem na mesma rua, porque uma delas, um dia, não quis emprestar à outra uma vasilha de doces, o notário cuja mulher está em Paris com um caixeiro-viajante, e... Meu Deus, que reunião de fantasmas é um casamento do interior! Nas grandes cidades a gente se vê o tempo todo ou não se vê nunca, é mais simples. Aqui... Objetos trazidos pela água, como eu disse. Opa! aparecem, e no turbilhão que fazem, quantas velhas lembranças! Depois mergulham, e são novamente esquecidos por mais dez anos.

Assobiei para o meu cachorro que tinha nos seguido e bruscamente deixei o noivo. Entrei. Dentro de casa a temperatura é agradável. O fogo diminuiu. Quando ele não brinca mais, não dança, não lança mais por todos os lados aquelas chamas radiantes, milhares de faíscas que se perdem sem luz, sem calor, sem proveito para ninguém, quando ele se contenta em esquentar suavemente a panela, é quando fica agradável.

Colette se casou em 30 de novembro ao meio-dia. Um grande banquete seguido de baile reunia a família. Cheguei de manhã, pela floresta de Maie cujos caminhos nesta estação estão cobertos por um tapete alto de folhas e uma camada tão profunda de lama que se anda com dificuldade, como num pântano. Fiquei até tarde na casa dos primos. Esperei: havia alguém que eu queria ver dançar... Moulin-Neuf é vizinha de Coudray, onde em outros tempos morou Cécile, a meia irmã de Hélène; está morta, mas deixou Coudray para sua herdeira, sua pupila, uma criança que recolheu e agora está casada; chama-se Brigitte Declos. Sempre achei que Coudray e Moulin-Neuf vivessem em bons termos, como bons vizinhos, e que veria aparecer esta jovem mulher. Realmente, ela não deixou de vir.

É uma moça alta e muito bonita, de ar altivo, forte e saudável. Tem olhos verdes e cabelos pretos. Vinte e quatro anos. Usava um vestido preto curto. Única entre todas as mulheres que lá estavam, pois não se endomingou para aparecer no casamento. Tive mesmo a impressão de ter se arrumado pouco de propósito, para marcar o desdém que tinha por aquele suspeito vilarejo; foi mantida afastada durante a festa. Todo mundo sabia ser ela apenas uma filha adotiva e, no fundo, nada melhor que essas crianças da Assistência para trabalhar em nossas fazendas. Além disso, era casada com um homem que é quase um camponês, velho, avaro e rude; possui os mais belos domínios da região, mas só fala *patois* e conduz ele próprio suas vacas ao pasto. Ela sabe como gastar seu dinheiro: a roupa era de Paris e usava alguns anéis encimados por diamantes. Conheço bem o marido: foi quem recomprou aos poucos minha magra herança. Aos domingos, às vezes o encontro pelo caminho. Usa sapatos, boina; aparece barbeado para contemplar de perto os prados que lhe cedi e onde agora pastam suas reses. Apoiado na cerca, planta na terra o grosso bastão nodoso do qual nunca se separa, apoia o queixo sobre as mãos fortes e, o horizonte à frente, olha. Eu passo. Passeio com meu cachorro ou caço; retorno ao cair da noite e ele está sempre lá; plantado como uma estátua; contempla os bens e está feliz. Sua jovem mulher jamais o acompanha e tinha vontade de vê-la. Informei-me sobre ela com Jean Dorin.

— Você não a conhece? — perguntou ele. — Somos vizinhos e o marido é um de meus clientes. Vou convidá-los para o meu casamento e vamos recebê-los, mas não quero que ela se ligue a Colette. Não gosto de seu comportamento livre com os homens.

Quando a jovem mulher entrou, Hélène estava em pé, não muito longe de mim. Estava emocionada e cansada. Tínhamos acabado de comer. Serviram um almoço de cem talheres sobre um tablado de baile trazido de Moulins e colocado do lado de fora sob uma tenda. A temperatura estava amena, o tempo sereno e úmido. Às vezes uma aba de tela se levantava e se via o grande jardim dos Érard, as árvores nuas e a represa do moinho cheia de folhas mortas. Às cinco horas, mesas retiradas, começou a dança. Convidados ainda chegavam; eram os mais jovens, que não gostavam de comer ou beber em excesso, mas queriam tomar parte no baile: os divertimentos são raros entre nós. Brigitte Declos estava entre eles, mas parecia não ter amigos ali; viera sozinha. Hélène apertou sua mão como às outras; apenas por um instante seus lábios se contraíram e ela fez aquele beicinho sorridente e corajoso das mulheres que serve para mascarar os mais secretos pensamentos.

Os velhos cederam aos jovens a sala de baile improvisada e foram para o interior da casa. Fez-se um círculo em torno das grandes lareiras; sufocava-se naqueles ambientes fechados; bebíamos *grenadine* e ponche. Os homens falavam de colheita, de fazendas arrendadas, do preço dos animais. Há numa assembleia de gente madura alguma coisa de imperturbável; adivinhamos quais organismos ingeriram todos os pratos pesados, amargos, temperados pela vida, quais eliminaram todos os venenos, quais há dez ou 15 anos estão em estado de perfeito equilíbrio, com uma saúde moral invejável. Estão satisfeitos consigo mesmos. Este penoso e vão trabalho da juventude, pelo qual se tenta adaptar o mundo aos próprios desejos, já foi cumprido por eles. Fracassaram e, agora, repousam. Dentro de alguns anos, de novo, serão agitados por uma surda inquietação que, desta vez, será a da morte; ela perverterá estranhamente seus gostos, tornando-os indiferentes, ou bizarros, ou rabugentos, incompreensíveis para a família, estranhos aos filhos. Mas, dos 40 aos 60, usufruem de uma paz precária.

Senti isso com muita força, depois da boa refeição e dos excelentes vinhos, ao me lembrar dos dias de antigamente e do cruel inimigo que me fez fugir desta província. Tentei ser funcionário público no Congo, marchand no Taiti, caçador no Canadá. Nada me satisfazia. Acreditava buscar a fortuna; na realidade, era movido pelo calor de meu sangue jovem. Mas, como esses ardores agora estão extintos, não me compreendo mais. Acho que tomei muitos caminhos inúteis para voltar ao ponto de partida. A única coisa que me satisfez foi não me casar, mas não deveria ter percorrido a terra. Deveria ter ficado aqui e cultivado meus bens; seria mais rico hoje. Seria o tio da herança. Eu me sentiria bem integrado na sociedade, em vez de flutuar entre seres densos e tranquilos como o vento entre as árvores.

Fui olhar os jovens dançarem. Via-se dentro da noite a tenda enorme, transparente, de onde saíam sons metálicos da orquestra. Instalaram no interior uma iluminação cara: fileiras de pequenas lâmpadas elétricas cuja claridade intensa projetava sobre a tela as sombras dos dançarinos. Fazia lembrar os bailes de 14 de julho e festas de arraial, costume nosso... O vento soprava nas árvores de outono e a tenda, em alguns momentos, parecia oscilar um pouco como um navio. Assim, visto de fora, na noite, o espetáculo tinha um caráter estranho e triste. Não sei por quê. Talvez pelo contraste entre a natureza imóvel e a agitação da juventude. Pobres jovens! Eles se entregam por inteiro à alegria. As jovens, sobretudo: são educadas aqui tão severa e castamente. Até 18 anos, internato em Moulins ou Nevers, depois aprendem o serviço e a condução de uma casa, sob supervisão materna até o casamento. Assim, o corpo e a alma ficam plenos de força, saúde e desejos.

Entrei na tenda e observei; ouvi os risos; me perguntava que prazer eles tiravam daquele balanço em cadência. Depois de algum tempo, diante daqueles jovens, vivenciei algo como um espanto, como se contemplasse uma espécie animal estranha à minha, como um velho cão olharia ratos dançarem. Perguntei a Hélène e a François se eles sentiam algo parecido. Riram e me responderam que eu era um velho egoísta, que eles, graças a Deus, não perdiam contato com os filhos. Que nada! Eu acho que eles têm muitas ilusões. Se vissem diante de si renascer a própria juventude, sentiriam horror, ou, pior, não a reconheceriam; passariam adiante e diriam: "Este amor, estes sonhos, este fogo nos são estranhos." Sua própria juventude... Então, como podem entender a dos outros?

Quando a orquestra retomava fôlego, ouvi o barulho do carro que conduzia os recém-casados ao Moulin-Neuf. Procurei Brigitte Declos com o olhar entre os casais. Ela dançava com um jovem alto e moreno. Pensei no marido. Que imprudente. E, no entanto, sem dúvida, é sábio à sua maneira. Ele aquece o velho corpo sob um edredom vermelho e a velha alma com os títulos de propriedade, enquanto a mulher usufrui da juventude.

No primeiro dia do ano, almoço em casa de meus primos Érard. O hábito por aqui é uma longa visita: chegar ao meio-dia, esticar as horas restantes, jantar as sobras do almoço e voltar para casa à noite. François tinha que visitar uma de suas propriedades; o inverno estava rigoroso, as estradas cobertas de neve. Partiu às cinco horas e o esperávamos para o jantar, mas eram oito horas e ele não aparecia.

— Deve ter ficado retido — observei. — Vai dormir na fazenda.

— Não, ele sabe que estou esperando por ele — respondeu Hélène. — Desde que nos casamos, nunca se ausentou uma noite sem me avisar. Vamos para a mesa; ele não deve demorar.

Os três garotos estavam ausentes, convidados na casa da irmã, no Moulin-Neuf, onde dormiriam. Há muito tempo eu não ficava assim sozinho com Hélène. Falamos do tempo e da colheita, únicos assuntos de conversa por aqui; nada perturba nossa refeição. Este lugarejo tem verdadeiramente algo de isolado e selvagem, opulento e desconfiado, que lembra épocas antigas. A mesa da sala de jantar parecia enorme para nós dois. Tudo brilhava; tudo tinha um ar de limpeza e calma, os móveis de carvalho, o assoalho luzidio, os pratos floridos, o comprido aparador com uma "barriga" arredondada como só se vê por aqui, o relógio, os enfeites de cobre na entrada, o candelabro e o postigo de carvalho esculpido que se comunica com a cozinha e serve como passador de pratos. Que bela dona de casa é minha prima Hélène! Como ela se entende bem com as geleias, as conservas, as tortas! Como cuida do galinheiro e do jardim! Perguntei se tinha conseguido salvar os 12 coelhinhos órfãos alimentados com mamadeira.

— Estão maravilhosos — respondeu.

Mas percebi que estava distraída. Olhava o relógio e esticava a orelha para detectar o barulho do carro.

— Ora, vamos, você está inquieta por causa de François, estou vendo. O que pode acontecer?

— Nada. Mas, meu amigo, nós ficamos tão raramente longe um do outro, François e eu, e vivemos tão próximos que, quando ele não está ao meu lado, eu sofro, fico inquieta. Sei que é bobagem...

— Vocês ficaram separados durante a guerra...

— Ah — exclamou ela, parecendo tremer àquela lembrança —, esses cinco anos foram tão duros e tão terríveis... Às vezes penso que eles valeram por todo o meu passado.

Um silêncio caiu entre nós; o postigo se abriu com um rangido e a empregada nos passou uma torta de batatas, as últimas batatas do inverno. O relógio soou nove horas. Do fundo da cozinha nós a ouvimos comentar:

— Nunca o patrão voltou tão tarde.

Nevava. Nós nos calamos. Telefonaram de Moulin-Neuf; tudo estava bem por lá. Hélène reclamou da minha preguiça:

— Quando vai tomar a decisão de visitar Colette?

— É longe — justifiquei-me.

— Velho ermitão... Você não sai mais do seu buraco. E dizer que houve um tempo... Quando penso que você viveu entre os selvagens. Deus sabe onde... e agora, para ir de Mont-Tharaud ao Moulin-Neuf, é longe — repetiu ela, imitando-me. — Você precisa ir, Sylvestre. Estão tão felizes, aquelas crianças. Colette toma conta da fazenda; eles têm uma leiteria modelo. Aqui, ela era um pouco relaxada, vivia à toa. Na casa dela, é a primeira a levantar para pôr a mão na massa, cuida de tudo. O pai Dorin deixou o Moulin-Neuf em perfeito estado antes de morrer. Já ofereceram 900 mil francos pelo moinho. Naturalmente eles não pensam em vender: o moinho está na família há 150 anos. Eles pensam em viver; têm tudo para ser felizes: o trabalho e a juventude.

Ela continuou falando assim, imaginando o futuro e já antevendo na mente os filhos de Colette. Lá fora, o grande cedro carregado de neve estalava e gemia. Às nove e meia, ela se interrompeu bruscamente:

— Mas é mesmo muito estranho. Ele tinha que estar aqui às sete horas.

Perdera a fome; empurrou o prato e voltamos ao silêncio. Mas a noite escoava e não voltava. Hélène levantou os olhos para mim.

— Quando uma mulher ama o marido como eu amo François, ela não deveria sobreviver a ele. Ele é mais velho que eu e mais frágil... Às vezes, tenho medo.

Ela jogou um pedaço de lenha no fogo.

— Ah, meu amigo, quando acontece alguma coisa na vida, você às vezes pensa, de que germe isso veio? Não sei como explicar... Imagine um campo no momento da semeadura, tudo que há dentro de um grão de trigo, as futuras colheitas... Pois é, na vida, é exatamente a mesma coisa. No instante em que vi François pela primeira vez, quando nos olhamos, tudo que aquele instante continha... é terrível, é louco, chega a dar vertigem!... Nosso amor, nossa separação, os três anos que ele passou em Dakar, quando eu era mulher de outro e... todo o resto, meu amigo... Depois a guerra, os filhos... Coisas boas, coisas dolorosas também, a morte dele ou a minha, o desespero daquele que fica.

— É — assenti —, mas se a gente soubesse antes como seria a colheita, quem semearia o campo?

— Todos, Silvio, todos — respondeu ela me chamando pelo nome pelo qual me chamava muito raramente. — Porque a vida é isso, alegria e lágrimas. Todos querem viver, menos você.

Eu a olhei rindo.

— Como você gosta de François!

Ela respondeu simplesmente:

— Eu o amo muito.

Alguém bateu na porta da cozinha. Era um garoto que havia tomado emprestado com a empregada, na véspera, uma gaiola de galinhas e vinha devolvê-la. Através do postigo que ficou entreaberto ouvi sua voz penetrante:

— Teve um acidente perto do reservatório de Buire.

— Que acidente? — perguntou a cozinheira.

— Um carro se partiu ao meio na estrada e um ferido foi levado para Buire.

— Você sabe o nome dele?

— Credo, eu não sei de nada — exclamou o garoto.

— É François — murmurou Hélène, muito pálida.

— Que é isso, você está louca!

— Eu sei que é François.

— Ele teria mandado avisar.

— Você não conhece meu marido. Para me poupar de correr preocupada até Buire em plena noite, ele iria tentar chegar aqui, mesmo ferido, mesmo morrendo.

— Mas ele não vai encontrar carro à noite nesta neve.

Ela saiu da sala de jantar e foi para o vestíbulo pegar o casaco e o xale. Eu só podia repetir:

— Você está louca. Você nem sabe se é mesmo François. E, além do mais, como você vai até Buire?

— Ué... a pé, se não há outro jeito.

— Onze quilômetros?

Ela não respondeu. Eu tentei em vão conseguir um carro com os vizinhos. Estávamos com azar: um estava enguiçado, o outro, o do doutor, ocupado por uma doente que ia ser operada naquela mesma noite na cidade vizinha. Com neve alta, as bicicletas não circulavam. O caminho só podia ser feito a pé. Estava extremamente frio. Hélène andava depressa e sem falar: ela estava certa de que François a esperava em Buire. Não a dissuadi: imaginei que seria mesmo capaz de captar a distância o chamado do marido ferido. Há um poder sobrenatural no amor conjugal. Como diz a Igreja: é um grande mistério. Muitas outras coisas são misteriosas no amor.

Na estrada, cruzávamos às vezes com um carro andando muito lentamente por causa da neve. Hélène olhava ansiosa para o interior e chamava "François", mas ninguém respondia. Ela parecia não descansar. Avançava com segurança sobre a crosta gelada do caminho, em plena noite, entre dois trilhos de neve, sem escorregar nem tropeçar uma única vez. Eu me perguntava que cara ela faria se, chegando a Buire, não encontrasse François. Mas ela não se enganara. Era mesmo o carro dele que estava quebrado perto do reservatório. Na fazenda, sobre a grande cama, perto do fogo, François estendido, uma perna quebrada, queimando de febre, deu um fraco grito de alegria com nossa chegada:

— Ora, Hélène... Pra quê? Não precisava vir... Vão atrelar uma carroça para me levar para casa. Foi bobagem ter vindo — repetia ele.

Mas enquanto ela descobria sua perna e começava a enrolá-la com movimentos ligeiros, prudentes, corretos (tinha sido enfermeira durante a guerra), vi que ele pegou sua mão:

— Eu sabia que você viria — murmurou. — Eu me machuquei e chamei você.

Todo o inverno, François permaneceu deitado; a perna estava quebrada em dois lugares. Houve complicações, não sei mais o quê... Faz apenas oito dias que está de pé.

Tivemos um verão bem frio e muito pouca fruta. Nada de novo pelos campos. Minha prima Colette Dorin deu à luz em 20 de setembro. Um menino. Só fui ao Moulin-Neuf uma vez depois do casamento. Voltei na ocasião deste nascimento. Hélène estava junto de sua filha. De novo o inverno — estação monótona. O provérbio oriental dizendo que os dias se arrastam e os anos voam só é verdade aqui. De novo a noite que cai às três horas, o voo dos corvos, a neve sobre os caminhos e, em cada casa isolada, a vida retraída, oferecendo ao exterior apenas a superfície mais reduzida, longas horas escoadas perto do fogo, sem nada para fazer, nem ler, beber, nem mesmo um sonho.

Ontem, 1° de março, um dia de sol e de ventania, saí cedo de casa para ir buscar dinheiro em Coudray. O pai Declos me deve oito mil francos pela venda de meu prado. Demorei um pouco no burgo onde me ofereceram uma garrafa. Cheguei a Coudray em pleno crepúsculo. Atravessei um pequeno bosque. Da estrada a gente via as jovens e tenras árvores verdes que separam Coudray do Moulin-Neuf. O sol se esvaía. Quando entrei no bosque, a sombra das folhagens já fazia cair a noite sobre a terra. Adoro nossos bosques silenciosos. Em geral, não se encontra vivalma. Fui surpreendido ao ouvir de repente, bem perto de mim, uma voz de mulher que chamava. Era um apelo modulado sobre duas notas bem altas. Alguém assobiou em resposta. A voz se calou. Eu estava perto do lago. Os bosques da minha região contêm partes d'água inacessíveis ao olhar, fechadas entre árvores, defendidas por círculos de junco. Eu conheço a todas. Quando a estação de caça chega, passo minha vida em suas margens. Prossegui com cuidado. A água brilhava e havia em torno uma vaga luz, como a que um espelho irradia sobre uma peça escura. Vi um homem e uma mulher andando, um em direção ao outro, no atalho entre os juncos. Não conseguia distinguir seus traços, apenas a forma dos corpos (ambos eram grandes e bem proporcionados) e a roupa vermelha da mulher. Continuei meu caminho; eles não me viram; beijaram-se.

Cheguei à casa de Declos; ele estava sozinho, cochilando num grande sofá perto da janela aberta. Quando acordou, soltou um suspiro rouco e profundo e me olhou por muito tempo antes de me reconhecer.

Perguntei se estava doente. Mas era um verdadeiro camponês, para quem a doença é uma vergonha, sendo escondida até o último instante, até os suores da morte. Ele respondeu que se sentia ótimo, mas a coloração biliosa da pele, as olheiras amareladas em torno das pálpebras, as dobras da roupa dançando no corpo, o fôlego e a fraqueza o traíam. Ouvi dizer que ele sofre de um "tumor maligno". Deve ser. Brigitte em breve estará viúva e rica.

— Onde está sua mulher? — perguntei.

— Minha mulher?

Por um velho hábito de traficante de gado (teve essa profissão na juventude), fingiu-se de surdo. Acabou por resmungar que sua mulher estava no Moulin-Neuf, em casa de Colette Dorin: "Não posso fazer nada, aquela lá vive com a outra o dia inteiro."

Fiquei sabendo assim que as duas jovens eram ligadas pela amizade, o que Hélène, sem dúvida, ignora, pois me assegurou, há poucos dias, que Colette só vivia para o marido, o filho, a casa e não gostava de sair.

O velho pai Declos me fez sinal para pegar uma cadeira. É tão sovina que sofre só de pensar em oferecer vinho, então, de propósito, me dei ao maldoso prazer de pedir um copo para beber à sua saúde.

— Não estou ouvindo nada — gemeu —, estou com uns zumbidos horríveis no ouvido: é o vento.

Falei do dinheiro que me deve. Suspirando, tirou uma grande chave do bolso e manobrou o sofá até o armário, mas a gaveta que queria abrir era bem mais alta; fez infrutíferos esforços para alcançá-la, recusando-me a chave quando a pedi e prometeu, enfim, que sua mulher voltaria num instante e me pagaria.

— O senhor tem uma bela mulher, pai Declos.

— Muito jovem para minha velha carcaça, não é o que pensa, senhor Sylvestre? Bah, se as noites para ela são longas, os dias passam depressa.

Nesse instante, Brigitte entrou: usava saia preta, túnica vermelha e um jovem a acompanhava: aquele que dançou com ela há três anos, no casamento de Colette. Emendei mentalmente a frase do velho: "Mais depressa do que o senhor pensa, pai Declos."

Mas o velho não parecia enganado. Olhava a mulher e o rosto semimorto, de repente, iluminou-se de paixão e ódio.

— Finalmente, chegou! Estou esperando desde meio-dia.

Ela me estendeu a mão e me apresentou o rapaz que a seguia. Chama-se Marc Ohnet. Vive nas terras de seu pai; tem a reputação de ser mulherengo e batalhador. É muito bonito. Nunca me ocorreu que Brigitte Declos e Marc Ohnet se "frequentassem", como se diz aqui. Mas nesta terra os mexericos param nas últimas casas dos burgos, e no interior, nestas moradas isoladas, separadas umas das outras por campos e bosques profundos, acontece muita coisa de que ninguém tem conhecimento. Mas mesmo que eu não tivesse visto uma hora antes uma roupa vermelha à beira do pântano, teria adivinhado que os jovens se amavam pelo ar de tranquilidade impudica e uma espécie de fogo surdo e disfarçado nos movimentos e sorrisos. Ela, sobretudo. Ela *ardia*. "As noites são longas para ela", dissera pai Declos. Vinha à mente sua imagem nessas noites, na cama do velho, sonhando com o amante, contando os suspiros do marido e imaginando quando ouviria o último.

Ela abriu o armário onde certamente jazia o dinheiro sob pilhas de lençóis, porque aqui não é uma terra onde se enriquece banqueiros; cada qual guarda os bens perto de si, como um filho querido. Eu observava Marc Ohnet para surpreender em seus traços um ar de cobiça, pois não é rico de família: o pai era o mais velho de 14 filhos e a parte de terras que possui não é grande. Não: quando o dinheiro apareceu diante de seus olhos, o jovem virou-se bruscamente. Foi até a janela e olhou por algum tempo a paisagem: o vale e os bosques eram visíveis na noite clara. Era um daqueles tempos de março em que o vento parece aspirar até os últimos átomos de nuvens e nevoeiros; as estrelas tinham um brilho vivo e cortante.

— Como vai Colette? Você a viu hoje? — perguntei.

— Ela vai bem.

— E o marido?

— Seu marido não está. Foi a Nevers e só volta amanhã.

Ela respondia minhas perguntas, mas os olhos são deixavam o rosto do jovem. Alto, moreno, ele irradia delicadeza e força de todo o seu ser, uma força não exatamente brutal, mas um pouco selvagem. Os cabelos são negros, a testa estreita, os dentes brancos, apertados e um pouco pontudos. Trazia consigo, naquele quarto sombrio, o odor das madeiras na primavera, um aroma vivo e áspero que desperta felicidade em meu peito e faz meus velhos ossos trabalharem. Eu teria andado a noite toda. Quando deixei Coudray, a ideia de ir para casa me parecia insuportável. Segui em direção ao Moulin-Neuf para perguntar sobre o jantar. Atravessei o bosque, misterioso e completamente deserto desta vez, onde soprava o vento.

Eu me aproximei do rio; só tinha ido lá durante o dia, quando a roda do moinho estava em marcha: um ruído possante e agradável que acalma o coração. De noite, ao contrário, aquele silêncio parecia estranho e dava certo mal estar; espichava-se a orelha sem querer, espreitando qualquer ruído; só se ouvia o ronco do rio. Atravessei a passarela onde dá para sentir de repente o odor frio da água, da sombra, do mato molhado; a noite estava tão clara que era possível ver o branco da crista das pequenas ondas rápidas e apressadas. Uma luz brilhava no primeiro andar: Colette devia esperar o marido. As tábuas do chão rangeram sob meus pés; ela me ouviu chegar. A porta do moinho se abriu e vi Colette correr em minha direção, mas, a alguns passos de mim, ela parou e perguntou com voz alterada:

— Mas quem está aí?

Eu disse quem era; e acrescentei:

— Você esperava Jean, não é?

Ela não respondeu. Aproximou-se com lentidão me estendeu o rosto para beijar. Tinha a cabeça nua e vestia um robe leve, como se tivesse acabado de sair do leito. Seu rosto queimava; todo seu aspecto estava tão bizarro que tive uma desconfiança.

— Estou incomodando? Pensei em convidar você para jantar.

— Claro, com prazer... — murmurou ela. — Só não esperava e... Estou um pouco indisposta... Jean não está... Dispensei a empregada e jantei um copo de leite, na cama.

À medida que falava, ela retomava a segurança e acabou por me contar uma pequena história, muito plausível: estava um pouco gripada. Aliás, eu poderia tocar suas mãos e rosto para ver se estava com febre; a empregada estava no burgo, na casa da filha, e só voltaria no dia seguinte. Ela parecia chateada; não podia me oferecer um bom jantar, mas se quisesse me contentar com dois ovos fritos e uma fruta... No entanto, ela não fazia um gesto para me convidar a entrar. Pelo contrário. Barrava resolutamente a porta e, ao me aproximar um pouco mais dela, senti que seu corpo tremeu; fiquei com pena.

— Dois ovos não resolvem meu caso — resolvi —, estou com fome. Também não vou prender você aqui na passarela: o vento está glacial. Vá se deitar, minha filha. Eu passo outro dia.

Que mais podia fazer? Não sou seu pai nem marido. Para dizer a verdade, fiz muitas loucuras na juventude para ter o direito de me mostrar severo, e que loucuras são as do amor! Sem contar que, em geral, paga-se tão caro por elas que não podemos medi-las com parcimônia nem para si nem para os outros. É, a paga sempre vem, e às vezes as menores pelos maiores preços. Mais vale ser enforcado por um carneiro que por um cordeiro, diz o provérbio. Claro, era loucura receber um homem sob o teto conjugal, mas também que prazer, esta noite, nos braços do amante, enquanto corre o rio e o medo de ser surpreendido aperta o coração. Quem seria o homem esperado?

"Em Coudray, o velho pai Declos bem que me daria um copo de vinho e um pedaço de queijo", pensei. "Se o galante não está mais, há grandes chances de que seja ele o amante, tanto aqui como lá. É um belo rapaz. Declos está velho e Jean, coitado, já tinha cara de corno no dia do casamento. Tem gente que nasce assim; o que se pode fazer?"

Colette quis me acompanhar até a entrada do bosque. Às vezes, tropeçava numa pedra e se segurava no meu braço. Toquei então sua mão que estava gelada.

— Vai, entra. Você vai ficar doente.

— Não está chateado? — perguntou ela.

Ela esperou por minha resposta.

— Quando vir mamãe — pediu ela em voz baixa —, por favor, não conte nada. Ela vai achar que estou muito doente e ficará inquieta.

— Não vou nem dizer que vi você.

Ela se jogou nos meus braços.

— Adoro você, primo Silvio. Você entende tudo.

Era uma meia confissão, e senti ser meu dever adverti-la. Mas às primeiras palavras que pronunciei — "Seu marido, seu filho, sua casa" —, ela se afastou e, num tom de sofrimento e raiva na voz, gritou:

— Eu sei, eu sei, eu sei tudo! Mas não amo meu marido. Amo outro. Deixe-nos em paz. Ninguém tem nada com isso — pronunciou ela com esforço, fugindo tão depressa que sequer tive tempo de acabar meu discurso.

Estranha loucura! O amor aos 20 anos parece uma crise de febre, um acesso de delírio. Quando termina, mal nos lembramos dos outros... Calor do sangue, logo extinto.

Diante daquele fogo de sonhos e desejos, senti-me tão velho,[1] tão frio e tão sábio...

Em Coudray, bati na janela da sala de jantar e disse que tinha me perdido. O velho, sabedor da minha vagabundagem por aqueles bosques desde a infância, não ousou me recusar um quarto. Quanto ao jantar, não fiz cerimônia. Fui à cozinha e pedi à empregada um prato de sopa. Ela me deu e ainda acrescentou um grande pedaço de queijo e uma enorme fatia de pão. Fui comer perto do fogo. Não tinha outra luz no aposento senão a das chamas; economiza-se eletricidade.

Perguntei onde estava Marc Ohnet.

— Foi embora.

— Jantou com vocês?

— Sim — grunhiu o velho.

— Vocês se encontram com frequência?

Ele fingiu não entender; sua mulher tinha uma costura nas mãos imóveis. Ele a interpelou rudemente:

— Você não é de se cansar!

— Não posso trabalhar, não há mais luz — respondeu ela com uma voz baixa e ausente. Depois, dirigindo-se a mim:

— Não tinha ninguém no Moulin-Neuf?

— Não sei. Não subi até lá. O bosque estava tão escuro que nunca sairia de lá. Tive medo de cair no pântano.

— Quer dizer que tem um pântano no bosque? — murmurou ela e, como eu a olhasse, ela deu um meio sorriso com ar de gozação e de alegria secreta; depois, atirando a costura sobre a mesa, ficou imóvel, as mãos cruzadas sobre os joelhos, o rosto abaixado.

---

[1]Aqui se interrompe a datilografia de Michel Epstein, única conhecida antes de 2005. (*N. do E.*)

A empregada entrou.

— Já troquei a roupa de cama para o senhor — informou ela, dirigindo-se a mim.

O velho Declos parecia dormir; ficou assim durante longos instantes sem falar, sem se mexer, a boca aberta; as bochechas cavadas e a pele lívida davam-lhe a aparência de um morto.

— Acendi o fogo em seu quarto — continuou a empregada —, as noites estão frias.

Ela se interrompeu de repente: Brigitte se levantou de um salto e parecia muito emocionada. Nós a olhamos sem compreender.

— Vocês não ouviram nada? — perguntou ela após um instante.

— Nada. O que foi?

— Não sei... pensei... me enganei, claro... Pensei ter ouvido um grito.

Tentei escutar, mas apenas reinava o silêncio opressor de nossas noites camponesas; nem vento havia mais.

— Não ouço nada — respondi.

A empregada deixou a sala; eu não ia dormir; olhei Brigitte que tremia e tinha se aproximado do fogo. Ela surpreendeu meu olhar e comentou tranquila:

— É, as noites estão bem frias.

Estendeu as mãos para a frente como se quisesse esquentá-las nas chamas; depois esqueceu sem dúvida minha presença; escondeu o rosto entre os dedos bem juntos. Nesse instante, a cancela do jardim gemeu; alguém subiu no patamar e bateu na porta. Fui abrir; só vi um menino de fazenda. São mensageiros de desgraças nesta terra, onde só os ricos burgueses têm telefone. Os lavradores, se há doença, acidente ou morte, despacham pela noite um "empregado", um pequeno doméstico de bochechas rosadas que, com voz plácida, anuncia a novidade. Este aqui tirou polidamente o boné e, virando-se para Brigitte, anunciou:

— Desculpe, madame, é o patrão do Moulin-Neuf que caiu no rio.

Às nossas perguntas ele respondeu que Jean Dorin tinha voltado de Nevers mais cedo do que se pensava; tinha deixado o carro abaixo da casa no prado; quem sabe não quisesse fazer barulho com o carro e acordar sua mulher doente? Ao atravessar a passarela teve um mal súbito, sem dúvida; a passarela é comprida e sólida, mas munida de corrimão apenas de um lado; e caiu na água. A mulher não o ouviu chegar; dormia, mas o grito dele ao cair perturbou seu sono. Ela logo se levantou, saiu precipitada para fora e o procurou em vão, o rio é profundo; ele deve ter afundado num instante. Ela reconheceu o carro deixado no prado e assim teve a certeza que era seu marido que acabara de morrer. Então, desesperada, tinha corrido até a fazenda vizinha, pedindo socorro. Os homens, nesse momento, procuravam o corpo, "mas a mãe pensou que a pobre dama estava sozinha e que a senhora Declos, que é sua amiga, poderia dar uma assistência", terminou o garoto.

— Já vou — resolveu Brigitte.

Ela parecia tomada pelo estupor; tinha uma voz fria e grave. Tocou levemente o ombro do marido, porque o barulho de nossas vozes não o tinha despertado. Quando ele abriu os olhos, ela lhe explicou o que tinha acontecido. Ele ouviu em silêncio. Talvez só o compreendesse pela metade, talvez se preocupasse pouco com a morte de um jovem ou, em suma, com nenhuma morte a não ser a sua. Talvez não quisesse dizer o que pensava. Levantou-se suspirando penosamente:

— Tudo isso... tudo isso — murmurou enfim.

Não terminou.

— Vou subir para dormir.

Na soleira, ainda exclamou, com um ar que me pareceu significativo e quase ameaçador:

— Tudo isso são assuntos de vocês. Não quero saber. Entendido?

Acompanhei Brigitte ao Moulin-Neuf. Luzes erravam e se cruzavam na noite, sobre as águas: homens procuraram o corpo em vão. Na casa, todas as portas estavam abertas; vizinhos se ocupavam de Colette desmaiada, da criança que gritava; outros remexiam os armários, tiravam lençóis que serviriam de mortalha; os rapazes da fazenda estavam reunidos na cozinha e beliscavam comidas esperando amanhecer para explorar os juncos por baixo do rio; parecia que o afogado tinha escorregado até lá e ficado preso nas grandes matas.

Só pude ver Colette um instante: as mulheres a rodeavam e não a deixavam. As mulheres do campo procuram não perder nada de um espetáculo gratuito, como um nascimento ou uma morte súbita. Elas sussurravam, davam conselhos e levavam de beber aos homens que estavam n'água. Andei pelo moinho, pelos cômodos habitados, tão confortáveis e amplos, com grandes chaminés, móveis antigos, escolhidos com tanto amor por Hélène, alcovas profundas, flores, cortinas de cretone estampadas com buquês; à esquerda ficava o moinho propriamente dito, o domínio do pobre rapaz desaparecido. Imaginei seu corpo prisioneiro da água, mas se uma parcela de sua alma retornasse à terra, ela estaria aqui, sem dúvida, entre estas máquinas, sacos de grãos, balanças, todo este humilde cenário. Com que orgulho ele me fizera visitar esta ala do moinho. Bati, sem querer, não sei em que máquina, ao passar, e ela gemeu de repente, de maneira tão queixosa, tão inesperada, tão estranha, que não pude me impedir de murmurar:

— Você está aí, meu pobre amigo?

Logo tudo se calou. Desci aos cômodos ocupados para esperar François e Hélène, que eu havia mandado avisar. Eles chegaram e bastou sua presença para estabelecer um clima de paz. O barulho e a confusão foram substituídos por uma espécie de murmúrio fúnebre que embalava a dor. Os vizinhos foram dispensados com boas palavras. Fecharam-se janelas e postigos; baixaram-se as luzes; encheram-se de flores a peça onde o corpo repousaria; pela manhã, os homens o encontraram nos juncos como previam; o pequeno grupo calado entrou no moinho carregando uma forma coberta por um lençol, estendido sobre uma padiola.

Jean Dorin foi enterrado anteontem. Uma longa cerimônia por causa do frio e do dia chuvoso. O moinho foi posto à venda; Colette só ficou com as propriedades das quais o pai vai tomar conta e voltará a morar com a família.

Celebrou-se hoje uma missa para o repouso da alma de Jean Dorin. Toda a família estava lá, o que enchia a igreja com uma multidão vestida de preto, muda e indiferente. Colette caíra de cama. Levantou-se hoje pela primeira vez e, durante o ofício, desmaiou. Eu estava perto e a vi, de repente, levantar o véu de luto para contemplar o grande Cristo estendido acima dela, pregado na cruz. Ela deu um grito fraco e caiu para a frente, a cabeça sobre os braços. Almocei na casa de seus pais depois da cerimônia; ela não desceu para a sala de jantar. Pedi para vê-la; estava em seu quarto, deitada, o filho dormindo junto. Só nós dois. Quando me viu, começou a chorar, mas, não quis responder a nenhuma de minhas perguntas. Virou a cabeça com um ar de vergonha e desespero.

Acabei por deixá-la. François e Hélène passeavam lentamente no jardim, me esperando. Envelheceram bastante e perderam aquela expressão de serenidade que tanto me agradava e me comovia. Não sei se o ser humano faz sua própria vida, mas o certo é que a vida acaba por transformar o homem. Uma existência calma e bela dá a um rosto uma espécie de brandura, de gravidade, um tom quente e suave quase de pátina, como a de um retrato. Mas a suavidade e a seriedade desses traços se apagaram, o que se percebia por trás era uma alma triste e ansiosa. Pobre gente! Há um momento de perfeição quando todas as promessas amadurecem e caem enfim os frutos, um momento em que a natureza chega perto do fim do verão, que logo ultrapassa, e então começam as chuvas do outono. Acontece o mesmo com as pessoas.

Meus primos estavam inquietos a respeito de Colette. Naturalmente compreendiam que ela fora muito afetada pela morte do pobre Jean, mas esperavam que ela se recuperasse mais depressa.

Ao contrário, a cada dia ela parecia mais fraca.

— Acho — preocupava-se François — que ela não deveria permanecer aqui. Não só por causa das lembranças que, naturalmente, ela encontra a cada passo, nesta casa onde conheceu Jean, onde se casou etc. Mas sobretudo por nossa causa.

— Não entendo o que você quer dizer, querido — respondeu Hélène com uma certa agitação.

Ele colocou a mão sobre seu braço; mostrando aquele ar de autoridade carinhosa ao qual ela nunca resiste.

— Acho que o palco de nossa vida, de tudo que há de bom em nós, só reaviva as dores de Colette. Ela compreende melhor o que perdeu; é como se suas emoções fossem intensificadas só de nos ver, por assim dizer. Coitadinha. Às vezes seus olhos têm uma expressão tão triste que mal posso suportar. Ela sempre foi minha preferida, confesso. Se pudesse, eu a obrigava a ir embora, viajar. Mas ela se recusa. Não quer ver ninguém.

— Acho — interveio Hélène — que não são distrações de que ela precisa no momento (aliás, ela nem as aceitaria), mas uma ocupação séria. Lamento a decisão de vender o moinho. Era a fortuna do filho; deveria não apenas ser conservada mas desenvolvida.

— O que você está dizendo? Ela não conseguiria tocar pra frente sozinha o negócio.

— Por que sozinha? Nós ajudaríamos e, daqui a alguns anos, um dos irmãos poderia dirigir o moinho, esperando que o pequeno herdeiro tivesse idade para isso. Um trabalho absorvente é o único capaz de trazer cura.

— Ou um novo amor — acrescentei.

— Um novo amor, claro. Mas o melhor para ele aparecer (quero dizer um verdadeiro amor, honesto e sadio) é não pensar muito nele, não chamá-lo. Senão, a gente se engana. A gente põe a máscara do amor no primeiro que aparece e no rosto mais vulgar. Espero de todo meu coração que, mais tarde, ela volte a se casar, mas é preciso primeiro encontrar a paz. Em seguida, e muito naturalmente, porque ela é jovem, ela amará de novo, algum bravo rapaz como o pobre Jean.

Continuaram a falar sobre Colette. Seu tom era o de uma certeza confiante e tranquila. Era a filha deles, viera deles. Acreditavam conhecer até seus sonhos. Decidiram enfim fazer de tudo para que ela se interessasse pelas propriedades que restavam, pelos trabalhos, pelas colheitas, pelos bens que ela devia conservar para o filho. Quando os deixei, estavam sentados no banco diante da casa, sob as janelas do quarto, aquele mesmo banco onde permaneci uma vez tanto tempo, espreitando um passo na noite.

O velho Declos estava mal. Sua mulher chamou para uma consulta um médico de Creusot que propôs intervenção cirúrgica. O velho quis saber quanto isso lhe custaria. Quando o médico mencionou a quantia, ele ficou bastante tempo em silêncio, como no dia em que, na minha casa, negociava a pequena propriedade dos Roches, após a morte de minha mãe. Lembro que perguntou meu preço e em seguida calou-se durante alguns instantes, olhos fechados, para depois responder: "Está bem. Concordo." Ele era pobre naquela época; nós tínhamos, com pequena diferença, quase a mesma idade. Era um grande negócio para ele a compra daqueles 24 hectares. Da mesa forma, quando o médico disse que a operação custaria dez mil francos e ele teria, em caso de sucesso, uma sobrevida de três, quatro, talvez cinco anos, calculou sem dúvida o valor de cada um desses anos e achou que não seriam tão belos e tão bons para que custassem tanto. Recusou a operação; depois que o médico partiu, ele comentou com a mulher que seu pai havia morrido de uma doença semelhante, que aquilo não tinha durado muito tempo, alguns meses ou mais, mas que ele tinha sofrido muito. E concluiu:

— Não faz mal. A gente se habitua a sofrer.

É verdade que nossos camponeses têm uma espécie de inclinação para viver do modo mais difícil. Por mais ricos que sejam, recusam o prazer, até a felicidade, com uma implacável resolução, desconfiando talvez de suas enganosas promessas. É verdade que a única vez, de meu conhecimento, que o pai Declos se afastou dessa regra, foi o dia em que casou com Brigitte, e deve ter lamentado. Ele se prepara, então, para morrer perto do Natal; põe seus negócios em dia. A mulher herdará os bens, sem dúvida: mesmo sabendo que é enganado, ele fará de forma a não suspeitarem do adultério. É ao mesmo tempo uma questão de orgulho e fidelidade aos seus; uma espécie de solidariedade que aqui liga o esposo à esposa, os filhos aos pais, e esconde todos os ódios, a fim de que não haja escândalos, que ninguém saiba. O que desejam não é a aprovação das pessoas: são muito rústicos para isso e muito orgulhosos, mas o que recusam é que se ocupem deles; é para eles um sofrimento moral insuportável sentir sobre si os olhos de outros; isso os torna inacessíveis à vaidade; não querem ser invejados ou lamentados, apenas que os deixem em paz. É esse seu lema; sinônimo de felicidade ou substituta da felicidade ausente. Ouvi uma velha senhora conversar com Hélène sobre Colette e o acidente que a tornou viúva:

— Pena, muita pena... Sua filha, no moinho, estava em paz.

Essa palavra representava para ela tudo que podia imaginar em matéria de felicidade humana.

O velho Declos também quer tudo em paz durante seus últimos dias sobre a terra, durante e depois.

Tivemos um outono precoce. De pé antes de amanhecer, passeio entre os campos que há gerações pertenciam aos meus e que hoje os outros possuem e cultivam. Não posso dizer que não sofro; às vezes sinto uma leve pontada no coração... Não lamento o tempo perdido perseguindo a fortuna, o tempo em que comprei cavalos no Canadá, em que trafiquei copra no Pacífico. Aquela necessidade de partir, o tédio sufocante que me dava o vilarejo, eu experimentei aos 20 anos com tanta força que teria morrido, acho, se tivesse permanecido aqui. Não tinha mais pai e minha mãe não pôde me reter. "É como uma doença", exclamou ela assustada, quando lhe supliquei para me dar dinheiro e me deixar partir, "espere um pouco, vai passar".

Ela dizia ainda:

— Em suma, você está fazendo como o filho Gonin e o filho Charles, que preferem ser operários na fábrica, sabem que serão menos felizes do que aqui, mas me respondem, quando lhes digo para pensar: "Pelo menos é uma mudança."

E, de fato, era isso que eu queria: mudança! Meu sangue esquentava pensando em todo o vasto mundo que vivia, enquanto eu ficava aqui. Parti, e agora não consigo entender que demônio me possuía longe de casa, a mim, um arisco sedentário. Lembro que Colette Dorin me disse uma vez que eu parecia um fauno: um velho fauno que não corteja mais as ninfas, que se esconde no canto do fogo. E como descrever os prazeres que encontro aqui? Usufruo de coisas simples e a meu alcance: uma boa refeição, um bom vinho, este caderno onde, rabiscando estas linhas, proporciono a mim mesmo uma alegria sarcástica e secreta; acima de tudo a divina solidão. De que mais preciso? Mas, aos 20 anos, como eu queimava! Como esse fogo se acende em nós? Ele devora tudo, em alguns meses, alguns anos, algumas horas, às vezes, e depois apaga. Depois, é só contar os estragos. Você se vê ligado a uma mulher que não ama mais, ou, como eu, arruinado, ou então, nascido para ter mercearia, prefere ter um retrato pintado em Paris e acabar os dias no hospital. Quem não teve uma vida estranhamente deformada e subjugada pelo fogo na contramão de sua natureza mais profunda? Somos todos semelhantes aos galhos que ardem em minha lareira e cujas chamas os entortam como querem; sei que erro em generalizar; há pessoas que, aos 20 anos, são perfeitamente sábias, mas prefiro minha antiga loucura a essa sabedoria.

Soube que Colette, segundo desejo do pai, vai ela mesma cuidar de suas propriedades. Ela será, como observou François Érard, seu próprio administrador. Isso vai obrigá-la a ver gente, sair de casa, batalhar às vezes para defender o interesse do filho. Hélène, para constrangê-la, usa da mesma persuasão hábil e amável de quando tira o pequeno Loulou de suas brincadeiras para lhe ensinar as lições. Do mesmo modo para Colette... acabou-se a brincadeira.

Pai Declos acaba de morrer. Não chegou até o Natal. Durou apenas umas semanas. O coração não aguentou. Sua mulher está rica agora. Com a morte daquela boa Cécile que a criou, ela só tinha ficado com a propriedade de Coudray. O mesmo que nada. A casa estava em ruínas; as terras vendidas; o velho Declos comprou Coudray, quando se apaixonou por Brigitte. Aos poucos reconstituiu a propriedade; pôs abaixo a velha construção e pôs no lugar a mais bela casa da região; e ainda por cima ganhou a moça. Todos pensamos então na sorte que ela tivera, mas sem dúvida ela devia achar que Colette tinha mais sorte que ela — Colette não precisava casar com um velho para ser feliz e mimada. Mas a morte igualou os dois destinos. Eu me pergunto se essas duas crianças sabem... ou desconfiam... Mas não, a juventude só vê a si própria. Quem somos nós para ela? Sombras pálidas. E ela para nós?

Domingo, nesta estação em que chove todos os dias, desci até a cidade. Passei perto da casa dos Érard sem entrar. Às vezes se ouve, sob a janela do salão, os sons do piano de Hélène. Às vezes, ainda, eu a vejo de tamancos pelo jardim, colhendo as últimas rosas, que são reservadas para ornar as tumbas no dia de Todos os Santos, e as dálias cor de fogo, despenteadas. Ela me vê; faz um sinal, aproxima-se da cerca e me diz para entrar. Mas recuso; meu humor não está sociável nos últimos tempos. Hélène e sua família têm sobre mim o efeito de um vinho de sobremesa, *muscat* ou *frontignan doré*, que meu paladar habituado ao velho Bourgogne não sabe mais apreciar. Deixo portanto Hélène e, sob as gotas de uma chuva ligeira e rarefeita que cai das árvores nuas, alcanço o burgo. Ele está quieto, deserto e melancólico; a noite chega depressa. Atravesso a praça do monumento aos mortos, onde monta guarda um soldado pintado nas cores mais frescas de azul e rosa; acima se encontra um passeio público plantado de tílias, de antigas muralhas enegrecidas, uma porta em forma de arco que abre para o vazio e onde sopra uma aragem fria, enfim, a pequena praça redonda diante da igreja. Nas janelas da padaria, o crepúsculo deixa entrever a luz fraca dos pãezinhos redondos, iluminados pela lâmpada coberta por um cone de papelão. Debaixo dessa chuva fina e cinzenta sob a névoa, o escudo de armas do notário e a insígnia do tamanqueiro parecem flutuar: um grande tamanco cavado na madeira clara, no tamanho e na forma de um berço. Em frente fica o Hôtel des Voyageurs. Empurro a porta que balança um sino tiritante e estou no salão do café, onde arde um grande aquecedor com seu núcleo vermelho, sombrio e enfumaçado. Espelhos refletem as mesas de mármore, o bilhar, o sofá de couro com os assentos rachados, o calendário que data de 1919 no qual se vê uma alsaciana de meias brancas entre dois militares. No café, aos domingos, oito campônios (sempre os mesmos) jogam tarô. Palavras rituais são trocadas. Ouvem-se o barulho do desarrolhar das garrafas de vinho tinto e o choque de copos grosseiros sobre as mesas. Quando chego, vozes lentas e roucas que a terra daqui tomou emprestadas da vizinha Borgonha pronunciam uma após a outra:

— Salve, senhor Sylvestre.

Descalço meus tamancos; peço vinho e me sento sempre no mesmo lugar, à esquerda, perto da janela de onde posso ver o galinheiro, a lavanderia e um jardinzinho sob a chuva.

Em volta, impõe-se o silêncio de uma noite de outono em todo o pequeno burgo adormecido. À minha frente, um espelho enquadra meu rosto enrugado, meu rosto tão misteriosamente mudado nos últimos anos que mal me reconheço. Bah! Um calor animal e suave penetra meus ossos; esquento as mãos no pequeno aquecedor que ronca e cujo odor me entorpece e enjoa ligeiramente. A porta se abre e na soleira aparece ora um rapaz de boné, ora um homem vestido a caráter em honra ao domingo, ora uma jovem procurando o pai com a voz esganiçada:

— Você está aí? Mamãe está chamando.

E desaparece com uma gargalhada.

Alguns anos atrás, pai Declos vinha aqui pontualmente todos os domingos; ele não jogava cartas, era muito avaro para arriscar seus tostões, mas se sentava perto dos jogadores e, em silêncio, o cachimbo no canto da boca fechada, ficava olhando; quando alguém lhe pedia um palpite, ele se recusava com um pequeno gesto de mão, como quem recusa uma esmola. Agora está morto e enterrado e, em seu lugar, vejo Marc Ohnet, sem chapéu, vestido com um paletó de couro, sentado à mesa com uma garrafa de Beaujolais.

Quando bebe acompanhado, um homem nada mostra de si; mas, quando está sozinho, revela sem saber o fundo da alma. Há um modo de girar o pé da taça entre os dedos, inclinar a garrafa e ver correr o vinho, levar a taça aos lábios, estremecer e repousá-la bruscamente se alguém o interpela, retomá-la com uma leve tosse afetada, esvaziá-la de um trago fechando os olhos, como se estivesse bebendo o esquecimento até a borda, que é o de um homem preocupado, atormentado pela inquietação ou cruéis desassossegos. Não passou desapercebido. Meus oito campônios continuam a jogar, mas às vezes olham para ele em rápidos relances. Surpreendem-lhe um ar de indiferença. A noite cai. Alguém acende um grande lampião de cobre; os homens repousam as cartas e se preparam para voltar para casa. É o momento em que a conversa se estabelece. Fala-se do tempo, do custo de vida e das colheitas. Depois, alguém se dirige a Ohnet:

— Há muito tempo não o vemos, senhor Marc.

— Desde o enterro do pai Declos — completa outro.

O jovem faz um gesto vago com a mão e murmura que esteve ocupado.

Fala-se de Declos e do patrimônio que deixou, "as mais belas terras da região".

— Era um homem que conhecia o plantio... Mão fechada, para ele um tostão era um tostão. Não era muito apreciado por aqui, mas conhecia o plantio.

Um silêncio. Haviam devotado ao defunto o mais belo elogio e, de alguma forma, mostrado para o rapaz que tomavam o partido do morto contra o vivo, do velho contra o jovem, do marido contra o amante. Porque, claro, tudo se sabe... Pelo menos, no que concerne a Brigitte. Olhares brilhantes de curiosidade se fixaram em Marc.

— E a mulher dele — alguém começou enfim.

Marc levantou a cabeça e franziu as sobrancelhas.

— O que tem ela?

Pequenas frases prudentes escaparam dos lábios camponeses com a fumaça dos cachimbos:

— A mulher dele... Era muito jovem para ele, mas quando ele se casou, já era ricc e ela...

— Só tinha Coudray, caindo aos pedaços.

— Teria deixado a região, certamente, foi graças a Declos que ela conservou o patrimônio.

— Ninguém sabe de onde ela veio.

— Era uma bastarda da senhorita Cécile — alguém comentou com uma gargalhada.

— Eu pensaria como você se não tivesse conhecido a senhorita Cécile. A pobre moça, ela não era disso, certamente. Ela só saia de casa para ir à igreja.

— Às vezes, basta isso.

— Não gosto de falar, mas a senhorita Cécile... Ela não tinha malícia. Não, Brigitte era uma menina da Assistência que dona Cécile pegou, uma espécie de empregada, que sei eu. Depois se apegou a ela e a adotou. A senhora Declos não era boba.

— Não. Isso não era. Como levava o velho... Roupas, perfumes de Paris, viagens. Tudo que ela queria. Ela sabia fazer as coisas. Mas não era só isso. Vamos falar a verdade. Ela é entendida em lavoura. Seus meeiros dizem que não faz diferença sem ele. E é muito amável com todo mundo.

— É. Ela gosta de se vestir bem, mas não muito de falar.

— Mesmo assim, por aqui, ela é criticada. Precisa tomar jeito.

Nesse ponto, Ohnet levanta os olhos e pergunta:

— Tomar jeito?

Outro silêncio. Os homens juntam suas cadeiras umas das outras, afastando-se de Marc, demonstrando assim sua reprovação por tudo do que desconfiam ou acham que desconfiam.

— Tomar jeito com relação ao comportamento.

— Eu acho — fez Marc, girando rapidamente a taça vazia entre os dedos — que para ela a opinião das pessoas tanto faz.

— Veremos, senhor Marc, veremos... A propriedade dela está na região. Ela precisa morar aqui. Não seria bom ser apontada com o dedo.

— Ela pode vender a propriedade e ir embora — sugeriu, de repente, um dos camponios.

O autor da frase foi tio Gonin, cujas terras são vizinhas às do falecido Declos. Seu rosto paciente formou aquela expressão fechada e dura que trai um homem daqui quando ele ambiciona os bens do próximo. Os outros se calaram. Eu conheço o jogo, já fui objeto dele. É exercido contra todos os forasteiros ou aqueles que abandonaram o campo, ou ainda contra os que, por uma razão ou outra, são tidos como indesejáveis. Eles também não gostavam de mim. Eu tinha abandonado minha herança, preferido outros lugares ao meu. Tudo que eu comprava me faziam pelo dobro do preço; tudo que queria vender era depreciado. Nas menores coisas reconhecia uma má vontade maravilhosamente diligente, sempre em alerta, calculada para me tornar a vida insuportável e para me obrigar a fugir daqui. Fiquei firme. Não parti. Mas a propriedade é deles. É Simon de Saint-Arraud, que vejo perto de mim com as grossas mãos escuras sobre os joelhos, que possui meus campos, e Charles des Roches que tem meus terrenos, enquanto a casa onde nasci pertence ao gordo fazendeiro corado, de ar plácido e adormecido, que exclama com um belo sorriso:

— Claro que a senhora Declos faria melhor se vendesse. Ela pode ser entendida em cultivo, mas tem coisas que mulher não sabe fazer.

— Ela é nova; vai casar de novo — respondeu Marc com um ar de desafio.

Eles agora se levantaram. Um desdobra um enorme guarda-chuva. Outro enfia os tamancos e enrola uma manta sob o queixo. Quase na saída, enfim, uma voz fingindo indiferença provoca:

— O senhor acha que ela vai se casar de novo, senhor Marc?

Todos esperam pela resposta, o olhar maroto sem esconder um sorriso gozador quase esboçado. Ele olha um, depois outro, como se procurasse adivinhar o que pensam e o que calam, e como se tivesse de se preparar para um golpe. Acaba por responder dando de ombros, fechando os olhos pela metade, com ar entediado:

— Como vou saber?

— Claro, senhor Marc. A gente sabe que o senhor conhecia bem o velho, não é? Mesmo vigilante e desconfiado como era, parecia que deixava o senhor entrar a qualquer hora do dia e ficar lá até meia-noite. Depois que ele morreu, imagino que o senhor já tenha ido visitar a viúva, não?

— Às vezes. Não muito.

— Imagino o tamanho de seu luto, senhor Marc. São duas as casas onde é apreciado e bem recebido, e nas duas os donos morreram.

— Duas casas?

— Coudray e Moulin-Neuf.

E, como satisfeitos pelo estremecimento que ele não conseguiu dominar (um estremecimento tão forte que ele deixou cair e quebrar a taça no ladrilho), os camponios, enfim, se foram. E nos fizeram grandes saudações:

— Muito boa-noite, senhor Sylvestre. Como vão as coisas? Então, que bom. Muito boa-noite, senhor Marc. Dê minhas lembranças à senhora Declos quando a encontrar.

A porta se abre para a noite de outono; ouvem-se cair a chuva, os tamancos batendo na terra molhada; ao longe um jorro de nascente: no terreno da casa vizinha, árvores enormes estão encharcadas; pinheiros choram.

Eu fumo cachimbo enquanto Marc Ohnet me encara. Depois, enfim, com um suspiro, levanta a voz:

— Garçom, mais um.

Naquela noite, quando Marc Ohnet se foi, um automóvel cheio de parisienses chegou e parou diante do Hôtel des Voyageurs, só para tomar um trago e dar um jeitinho no carro. Rindo e falando alto, entraram na sala. Umas mulheres do grupo me olharam de alto a baixo; outras tentaram em vão melhorar a cara nos espelhos lívidos que deformam os traços. Outras se aproximaram das janelas e olharam a pequena rua de pedregulhos onde caía o aguaceiro e as casas dormiam.

— Tão calmo — exclamou rindo uma jovem, logo virando-se de costas.

Mais tarde eles me ultrapassaram na estrada. Iam na direção de Moulins. Ao longo da noite, passarão por pequenos lugares tranquilos e burgos sonolentos; passarão ao lado de casas quietas e sombrias pelo campo; nunca imaginarão que tudo aquilo tem uma vida profunda e secreta, que irão ignorar para sempre. Eu me pergunto como será o sono de Marc Ohnet nesta noite, e se ele sonhará com o Moulin-Neuf e aquele verde e caudaloso rio.

Estão malhando o trigo na eira. É o fim do verão, o último dos grandes trabalhos rústicos da estação. Dia de trabalho e de festa. Enormes tortas douradas assam no forno e, para decorá-las com frutas, as crianças derrubam as ameixas das árvores desde o início da semana. Há uma grande abundância de ameixas este ano; o pequeno pomar atrás de minha casa está zumbindo de tanta abelha; a relva está cheia de frutas maduras e sua casca dourada rompida deixa escapar pérolas de açúcar. Cada fazenda tem a honra de oferecer durante a debulha, aos trabalhadores e vizinhos, o melhor vinho e a nata mais gordurosa da região. A isto se juntam as frigideiras coalhadas de cerejas e untadas de manteiga, os pequenos e secos queijos de cabra dos quais nossos campônios se orgulham, os pratos de lentilhas e batatas, o café e a aguardente.

Como minha empregada foi passar o dia com a família para ajudar na refeição, eu me refugiei nos Érard. François e Colette tinham de visitar uma das propriedades dela, um lugar chamado Maluret, não distante do Moulin-Neuf. Convidaram-me para ir junto. O menino de Colette, agora com 2 anos, ia ficar em casa com a avó. Colette sofria quando se separava dele. Tem pelo menino um amor ansioso que é para ela uma fonte mais de tortura que de alegria. Fez mil recomendações a Hélène e à empregada antes de sair, repetindo sobretudo para não deixar a criança correr perto d'água. Hélène balançou suavemente a cabeça com seu ar terno e racional.

— Por favor, Colette, não se deixe levar assim. Não lhe peço para esquecer o acidente do pobre Jean, minha querida, sei que é impossível, mas não deixe a lembrança envenenar sua vida e a de seu filho. Pense um pouco. Que espécie de homem vai fazer dele se o educa com esse medo todo? Minha querida, não podemos viver pelos filhos (embora às vezes dê muita vontade). Cada um deve viver e sofrer por si próprio. O maior serviço que podemos prestar a nossos filhos é deixar que ignorem nossa própria experiência. Acredite em mim, acredite em sua velha mãe, minha querida.

Colette quis soltar um riso para atenuar a gravidade de suas palavras. Mas em vez disso murmurou com os olhos cheios de lágrimas:

— Queria ser como você, mamãe.

Sua mãe compreendeu: "Queria ser feliz como você."

— É a vontade de Deus, Colette — suspirou ela em resposta.

Beijou a filha, pegou o bebê nos braços e entrou em casa. Eu a vi se afastar, atravessar o jardim, ainda bonita e orgulhosa apesar dos cabelos grisalhos. É impressionante como guardou até a idade madura aquele andar ligeiro e cheio de segurança. Sim, pleno de segurança; o de uma mulher que jamais se desviou por maus caminhos, que jamais correu, ofegante, para um encontro, que jamais parou, massacrada pelo peso de um segredo culpado...

Colette traduziu esse sentimento que sem dúvida ela também experimentava, pegando o pai pelo braço:

— Mamãe... é a noite de um belo dia...

— Vamos, filha... — sorriu ele — O seu vai ter a mesma graça e a mesma serenidade. Vamos, vem, se apresse — repetiu ele. — Temos um longo caminho a percorrer.

Durante todo o trajeto, Colette me parece mais alegre do que jamais tinha sido desde a morte de Jean. François dirigia. Ela se sentou a meu lado, no banco de trás. Estava um dia quente e admirável, apenas tocado pelo outono. Só o azul do céu, mais frio, mais cristalino do que em agosto, às vezes um sopro de vento e algumas folhas carmesins sobre as sebes anunciavam o fim dos belos dias. Colette, depois de alguns instantes, começou a rir e a falar com animação, o que não lhe acontecia havia muito tempo. Ela se lembrava dos longos passeios que tinha feito com os pais na infância pela mesma estrada:

— Você se lembra, papai? Henri e Loulou ainda não tinham nascido. Georges era o menor e a gente o deixava com a empregada, o que me dava mais prazer ainda, um prazer de vaidade satisfeita. E que prazer! Esperado por um longo tempo. Às vezes, mais de um mês. Depois preparavam a cesta do piquenique. Hum, aqueles bolos... Nunca mais vão ter o mesmo gosto. Mamãe sovava a massa, seus lindos braços cheios de farinha até os cotovelos, você se lembra? Algumas vezes, os amigos vinham conosco, mas em geral éramos só nós. Depois do almoço mamãe me fazia deitar em cima da grama; você lia. Não é? Você lia Rimbaud e Verlaine, e eu tinha tanta vontade de correr... Ficava lá, escutava pela metade e só pensava nas brincadeiras de depois do almoço, saboreando aquela... aquela perfeição que sentia então nos prazeres.

Sua voz ia se abaixando, tornando-se mais grave à medida que falava; logo se via que tinha esquecido o pai, falava com ela mesma; ficou calada um instante, depois retomou:

— Você se lembra, papai, que uma vez o carro enguiçou? Tivemos que descer e andar e, como fiquei cansada, você e mamãe pediram a um camponês que passava com uma carroça cheia de mato para me deixar subir. Eu me lembro que ele arranjou com os galhos e as folhas uma espécie de pequeno teto para me abrigar do sol, vocês andavam atrás da carroça e o camponês conduzia o cavalo. Então, como vocês pensavam que ninguém estava vendo, pararam na estrada e se beijaram... Lembra? Eu tirei de repente a cabeça debaixo dos galhos que faziam a casinha e gritei: "Estou vendo!" E vocês começaram a rir. Lembra? E naquela noite, nós chegamos a uma grande casa sem luz elétrica, com poucos móveis e um castiçal enorme de cobre amarelo no meio da mesa... Ah, que engraçado, eu tinha esquecido tudo isso e agora lembro. Mas, talvez, fosse um sonho.

— Não — corrigiu François —, foi em Coudray, na casa da velha tia Cécile. Você tinha sede, chorava, e nós entramos para pedir um copo de leite para você. Sua mãe não queria, não lembro por que, mas você, você gritava, e foi preciso ceder para calar sua boca. Você tinha 6 anos na época.

— Espera então... Eu me lembro muito bem agora de uma velha nobre com um xale amarelo nas costas e de uma mocinha de uns 15 anos. Era sua pupila, então, aquela pequena?

— Mas claro, sua amiga, Brigitte Declos, aliás eu deveria dizer Brigitte Ohnet, pois logo vai se casar com aquele rapaz.

Colette calou-se, olhou pensativamente para fora, depois perguntou:

— Já está decidido?

— Já, dizem que os proclamas vão ser publicados domingo.

— Ah!

Seus lábios tremeram, mas ela murmurou com a voz calma:

— Espero que sejam felizes.

Depois não pronunciou uma palavra até François tomar o caminho mais longo para Maluret, sem passar pelo Moulin-Neuf. Ela hesitou um instante antes de tocá-lo no ombro.

— Papai, olhe, por favor, não pense que vai ser doloroso rever o Moulin. Pelo contrário. Entende, fui embora no mesmo dia em que o pobre Jean foi enterrado e tudo estava tão sombrio e tão triste que guardo dele uma imagem ruim e... não é justo, só isso. É, não é justo com Jean. Não posso explicar, mas... Ele fez o possível para eu ser feliz e para me amar naquela casa. Eu queria exorcizar a lembrança — acrescentou, com uma voz baixa e sofrida. — Eu queria rever o rio, isso talvez cure meu medo da água.

— Esse medo vai passar sozinho, Colette. Pra quê?...

— Você acha? É que eu sonho sempre com ele e ele me parece sinistro. Rever o rio, assim, iluminado pelo sol, me faria bem, acho. Por favor, papai.

— Já que você quer... — respondeu enfim François e o carro retomou o caminho.

Ele passou por Coudray (Colette lançou um olhar triste e ciumento em direção às janelas abertas), ladeou o caminho do bosque, atravessou a ponte e logo vi o Moulin. Pessoas da fazenda nos viram passar, mas, como não nos saudaram, perguntei a Colette se os rendeiros que conheci estavam bem, aqueles que tinham enviado um mensageiro a Coudray na noite do acidente.

— Não — respondeu ela. — A mãe era a leiteira de Jean e desde a morte de meu marido ela se sentia mal aqui. Seu contrato de arrendamento terminava em outubro; eles não quiseram renovar. Estão em Sainte-Arnould.

Enquanto falava, ela tocava o ombro do pai para obrigá-lo a parar. Como já disse, era um dia admirável, mas tão próximo do outono que, quando o sol se escondia, fazia frio e tudo parecia sombrio por um instante; isso jamais acontece em pleno verão, porque, então, a própria sombra espalha uma espécie de calor secreto. Quando contemplamos o Moulin-Neuf, uma nuvem cobriu o sol e o rio, até ali alegre e brilhante, pareceu se apagar. Colette se jogou para trás e fechou os olhos. François pôs o carro em movimento e, ao final de alguns instantes, murmurou:

— Eu não devia ter atendido você.

— Não — respondeu fracamente Colette —, acho que não dá para esquecer...

Em Maluret as pessoas terminavam sua refeição, suas quatro horas, como dizem aqui. Estavam para retomar o trabalho, todas reunidas na sala. Maluret é um castelo que pertenceu em outros tempos aos barões de Coudray. O Coudray de tia Cécile também fazia parte da propriedade, há 150 anos. Naquela época, arruinada, a família nobre deixou o lugar e as terras foram divididas. O avô de Jean Dorin construiu o Moulin-Neuf e adquiriu o local, mas não havia calculado ao certo seus recursos, ou, talvez cego pelo desejo, não tinha reparado em que estado deplorável estava a casa. Viu logo que não era tão rico para restaurá-la e fez dela uma granja, o que continua até hoje. Ela tem um porte orgulhoso e piedoso ao mesmo tempo, com um grande corredor de honra onde agora estão os galinheiros e as coelheiras, sua esplanada, onde as castanheiras foram derrubadas e onde seca a roupa, o portal encimado por um brasão de armas quebrado durante a Revolução. As pessoas que a habitam (seu nome é Dupont, mas são chamados de os Maluret, segundo hábito da região que confunde o homem e sua terra para não poder mais dissociar um do outro), são pouco amáveis, desconfiadas, quase selvagens. Maluret fica longe do burgo, defendido por um cinturão de grandes bosques (o antigo parque senhorial tornado floresta). No inverno, os fazendeiros ficam seis ou oito meses sem ver ninguém. Também nada têm em comum com nossos camponeses ricos e bem falantes cujas filhas se maquiam e usam meias de seda aos domingos. Os Maluret são pobres e ainda mais avaros que pobres. De humor sombrio, combinam perfeitamente com a casa arruinada, de cômodos vazios. Os assoalhos vergam sob o peso de nossos passos; as muralhas deixam cair pedras e os tetos, suas ardósias azuladas. Na antiga biblioteca ficam os porcos; há tosadores de lã pendurados no interior, lareiras tão grandes que nelas nunca se acende o fogo: devorariam a floresta. Há um quarto pequeno, bonito, com uma alcova pintada e uma imensa janela; na alcova se guarda a provisão de batatas para o inverno e em torno da janela, em guirlanda, estão os rosários dourados das cebolas.

François conta que é particularmente difícil fazer negócios com os Maluret. Não me lembro mais do que ele tinha a acertar com o dono naquele dia; ambos saíram para ver o teto de uma granja que havia queimado. O restante da família, os empregados, os amigos, os vizinhos que tinham vindo ajudar a apagar o incêndio, todos comiam com calma. Os homens mantinham os chapéus na cabeça, segundo o costume. Colette se sentou no banco da lareira esculpida e eu me sentei à grande mesa. Há algumas figuras conhecidas, mas muitos desconhecidos, ou talvez eu os visse assim. Talvez tenham apenas envelhecido como eu, envelhecido ao ponto de me parecerem completos estranhos. Entre eles estavam antigos meeiros do Moulin-Neuf, que tinham abandonado o lugar com a morte de Jean. Eu pedia notícias da velha mãe que havia sido ama de leite de Jean: tinha morrido. Esta família se compunha de dez ou doze filhos, não sei mais; entre outros, vi o rapazinho que tinha ido avisar Brigitte do acidente. Ele tinha 16 ou 17 anos e, pela primeira vez sem dúvida, bebia como um homem. Parecia um pouco bêbado; os olhos estavam vermelhos e flamejantes e as bochechas como brasas. Ele olhava Colette com uma insistência estranha e, de repente, dirigiu-se a ela por cima da mesa:

— Então, como é, a senhora não mora mais lá em cima?

— Não — respondeu Colette —, voltei para a casa de meus pais.

Ele abriu a boca como para dizer alguma coisa, mas, com a presença de François, decidiu se calar. Emborcou ainda um grande copo de vinho.

— O senhor brindaria conosco? — sugeriu o dono de Maluret, fazendo sinal para a mulher buscar outras garrafas.

François aceitou.

— E a senhora? — perguntou a Colette.

Colette deixou seu lugar e juntou-se a nós, pois não se pode fazer a afronta de recusar um copo, sobretudo nas grandes festas rústicas. Os homens que antes da aurora já estavam de pé, que carregavam dez horas de trabalho nos músculos, que tinham acabado de comer feito ogros, estavam todos meio bêbados, com aquela pesada e morna exaltação camponesa. As mulheres se agitavam em volta do fogão. Começaram a brincar com o jovem, meu vizinho. Ele respondia com uma espécie de atrevimento bravo que provocava risos. Sentia-se que ele tinha bebido mal, estava interpelador e naquele estado de embriaguez em que a língua arrasta as gentes, como se diz entre nós. O calor da sala, a fumaça dos cachimbos, o aroma das tortas sobre a mesa, o burburinho das vespas em torno das compoteiras repletas de frutas, as gargalhadas sonoras dos campônios, tudo isso devia aumentar ainda mais a sensação de irrealidade, de sonho, no qual se paira quando se bebe sem saber suportar o vinho. E o tempo todo ele olhava Colette.

— Você não sente falta do Moulin-Neuf? — perguntou distraidamente François.

— Por Deus, não, estamos melhor aqui.

—Que ingratidão — comentou Colette sorrindo com um pouco de mal-estar. — Não se lembra então das boas torradas que eu fazia para você?

— Ah, sim, eu me lembro.

— Então, que bom.

— Ah, eu me lembro — repetiu o rapaz.

Ele torturava o garfo na mão grossa e contemplava Colette com uma impressionante fixidez.

— Eu me lembro de tudo — exclamou ele de súbito.

— Há muitas pessoas que esqueceram, mas eu, eu me lembro de tudo.

O acaso quis que suas palavras soassem fortes em meio a um silêncio inesperado, tão altas que todo mundo se surpreendeu. Colette, muito pálida de repente, calou-se. Mas seu pai perguntou com surpresa:

— O que quer dizer, garoto?

— Quero dizer... quero dizer que, se alguém aqui esqueceu como morreu o senhor Jean, eu me lembro muito bem.

— Ninguém esqueceu — frisei, fazendo sinal a Colette para se levantar e sair, mas ela não se mexeu.

François desconfiou de alguma coisa, mas, como estava a léguas de supor a verdade, em lugar de fazer o garoto calar, inclinou-se sobre ele e o interrogou com certa agitação:

— Você está querendo dizer que viu alguma coisa naquela noite? Fale, por favor. Isso é muito grave.

— Não ligue para o que ele diz. Está embriagado — contemporizou o dono do Maluret.

Opa, pensei, eles sabem, todos eles sabem. Mas, se o imbecil não falar, jamais soprarão uma só palavra! Nossos campônios não são tagarelas e temem como o fogo se meter em qualquer história que não lhes diga respeito. Mas eles sabem; abaixam os olhos, incomodados.

— Vamos, tome tino — rogou rudemente Maluret —, você já bebeu muito. Vamos voltar ao trabalho.

Mas François, impressionado, puxou o rapaz pela manga.

— Escute. Fique aqui. Você sabe alguma coisa que não sabemos, tenho certeza. Sempre achei que aquela morte não era natural, não se cai na água por distração, atravessando uma passarela que se conhece desde a infância, o pé conhecendo cada tábua. Por outro lado, Jean tinha recebido em Nevers uma grande soma naquele dia. Não encontramos sua carteira. Imaginamos que havia perdido ao cair e que o rio houvesse levado embora. Mas talvez ele tenha sido roubado, roubado e assassinado. Escuta, se você viu alguma coisa que não sabemos, é sua obrigação nos contar. Não é, Colette? — acrescentou, virando-se para a filha.

Ela não teve forças para responder sim, contentando-se em inclinar a cabeça.

— Minha pobre querida, isto é tão penoso para você. Pode sair, me deixar sozinho com o rapaz.

Ela fez que não com a cabeça. Todos permaneciam calados. O rapaz pareceu ficar sóbrio de uma hora para a outra. Foi com tremores visíveis que respondeu apressado às perguntas de François:

— Bom, é, eu vi alguém empurrar o senhor Jean para dentro d'água. Falei para minha avó naquela noite, mas ela me proibiu de contar.

— Mas vejam, se houve crime, é preciso dar queixa, punir o culpado!... Essa gente é impossível — reclamou François em voz baixa para mim. — Mesmo que vejam um homem ser morto com os próprios olhos, ficam quietos "para não se meter em confusão". E agora viram aquele pobre Jean e nada disseram por dois anos. Colette! Diga que ele não tem o direito de se calar. Você está entendendo, rapaz, a viúva de Jean ordena que você fale.

— É verdade? — perguntou o garoto, dirigindo-se a ela.

Ela suspirou "é" e escondeu o rosto nas mãos. As mulheres tinham deixado a louça e a cozinha. Mãos juntas sobre o ventre, escutavam.

— Está bem — resolveu o garoto. — Primeiro, preciso dizer que, naquela noite, o pai tinha me castigado por causa de uma vaca que eu não tinha tratado como devia. Ele me bateu e me pôs para fora sem jantar. Como eu estava com raiva, não queria voltar para casa. Bem que me chamaram na hora de dormir, mas eu fingi não escutar. O pai disse: "Bom, se ele quer fazer birra, que passe a noite fora, vai aprender." Eu bem que queria entrar, mas não queria que rissem de mim. Peguei, sem que ninguém visse, um pedaço de pão e de queijo na cozinha e fui me esconder perto do rio. A senhora sabe, senhora Érard, naquele lugar perto dos salgueiros à beira d'água, onde, às vezes, no verão a senhora ia ler. Foi lá que ouvi o carro do senhor Jean. "Olha aí, disse comigo, ele voltou mais cedo do que se pensava." A senhora lembra que só o esperávamos no dia seguinte. Mas ele parou o carro no prado. Ficou muito tempo perto do carro, tanto tempo que tive medo, não sei por quê. Era uma noite esquisita; tinha o vento que assobiava, todas as árvores se sacudiam. Pensei que ele tinha ficado perto do carro, porque eu não via. Para entrar no moinho, ele tinha que atravessar a passarela, na minha frente. Ele tinha jeito de estar se escondendo, pensei, ou esperando alguém. Isso durou tanto tempo que eu dormi. Acordei com um barulho na passarela. Eram dois homens que lutavam. Foi tão rápido que não tive tempo de me mandar. Um dos homens empurrou o outro na água e fugiu. Eu ouvi o senhor Jean gritar quando caiu, reconheci sua voz; ele dizia: "Ah! Meu Deus!" Depois houve o barulho da água. Então corri sem parar até minha casa e acordei todo mundo para contar o que aconteceu. A avó me disse: "Você cala a boca, você não ouviu nada, não viu nada, entendeu?"

Estava lá há uns cinco minutos quando a senhora chegou, pedindo socorro, que seu marido tinha se afogado, pedindo ajuda para encontrar o corpo. Então, o pai desceu para o moinho; a avó que tinha amamentado o senhor Jean disse: "Vou buscar um lençol para embrulhar aquela minha pobre criança com minhas mãos", e a mãe me mandou a Coudray avisar que o patrão tinha morrido! É tudo. É tudo que sei.

— Você não sonhou? Repetiria isso diante de um juiz?

Ele respondeu depois de uma breve hesitação:

— Repetiria. É a verdade.

— Mas você conhece esse homem que empurrou Jean na água?

Houve um enorme silêncio, um silêncio durante o qual todos os olhares se fixaram no rapaz. Só Colette não levantou os olhos. Ela agora mantinha as mãos cruzadas diante de si, as extremidades dos dedos tremiam.

— Não conheço — respondeu enfim o rapaz.

— Você não viu quem era? Nem por um segundo? A noite estava clara.

— Eu ainda estava meio dormindo. Eu vi dois homens brigando. Só isso.

— Jean não chamou por socorro?

— Se chamou, não ouvi.

— Para que lado o homem escapou?

— Para lá, pro lado do bosque.

François passou lentamente a mão sobre os olhos.

— É espantoso. É... é incompreensível. Um acidente desse tipo é possível, mas só se explica por um mal-estar; não se escorrega de uma passarela por onde se passou dez vezes por dia durante 25 anos. Colette disse: "Ele deve ter tido uma tontura." Mas por quê? Ele não era sujeito a vertigens; tinha uma forma invejável. Por outro lado, sabemos que roubos foram cometidos, incêndios ocorreram na região e prendemos malfeitores naquele ano. Às vezes eu repetia para mim mesmo que aquele acidente não poderia ter acontecido, que o pobre Jean tinha sido vítima de um assassino. Mas o relato deste pobre rapaz é mais do que estranho. Por que Jean não entrou em casa diretamente? Você tem certeza de que ele ficou muito tempo perto do carro?

— Você estava dormindo — intervim, dirigindo-me ao garoto. — Você mesmo disse. Você sabe que, quando a gente dorme, não tem muita noção do tempo. Algumas vezes, a gente acha que correram alguns minutos e foi metade da noite que passou. Outras vezes, ao contrário, temos longos sonhos; achamos que dormimos muito tempo e apenas fechamos os olhos por um segundo.

— Isso é verdade — disseram várias vozes.

— Para mim, foi o que aconteceu. Este garoto estava dormindo; acordou; ouviu um barulho de carro; voltou a dormir; pensou ter passado muito tempo. Na realidade, tratava-se de alguns segundos que separaram a chegada de Jean do momento em que atravessou a passarela. Um vagabundo, talvez sabendo que a casa estava meio vazia naquela noite, pois a empregada tinha saído, entrou no moinho. A chegada de Jean o surpreendeu. Ele ouviu os passos; correu para fora. Jean quis agarrá-lo. O homem, então, se defendeu e, ao se debater, fez com que Jean caísse na água. Eis como as coisas devem ter se passado.

— Precisamos acionar a justiça — indignava-se François. — Isso é grave.

Viu-se então que Colette chorava. Os homens se levantaram, um após o outro.

— Vem, vamos trabalhar — resolveu Maluret.

Esvaziaram os copos e saíram. As mulheres ficaram sozinhas na grande cozinha, atendo-se aos afazeres sem olhar para Colette. Seu pai a pegou pelo braço, ajudou-a a subir no carro e nós partimos.

Naquela noite tão suave, eu me sentei no banco atrás da cozinha, de onde vejo o pequeno jardim que me pus a cultivar, pois durante muito tempo eu apenas lhe exigi os legumes necessários para a sopa, mas há alguns anos cuido dele. Eu mesmo plantei as roseiras, salvei o vinhedo que morria, cavei, desmatei, podei as árvores frutíferas. Fui pouco a pouco me ligando a este canto de terra. Nas noites de verão, no crepúsculo, o barulho das frutas maduras se destacando das árvores e tombando com uma queda mole sobre a erva me causa uma espécie de felicidade. A noite chega... e aí? Não se pode chamar isso de noite: o azul do dia se desordena e fica esverdeado e todas as cores gradualmente se retiram do mundo visível, deixando apenas uma nuance intermediária entre o cinza perolado e o cinza do ferro. Mas todos os contornos têm perfeita nitidez; os poços, as cerejeiras, o pequeno muro baixo, a floresta e a cabeça do gato que brinca a meus pés e morde meu tamanco. É a hora em que a empregada volta para casa; acende a lâmpada da cozinha e essa luz deixa entrar imediatamente todas as coisas numa noite profunda. É o melhor instante do dia; é naturalmente aquele que Colette escolheu para vir até aqui me pedir conselho. Confesso que a recebi friamente, tão friamente que ficou desconcertada. É que, quando saio voluntariamente de casa e me misturo aos outros, aceito mais ou menos me interessar por aquelas vidas alheias, mas, escondido no meu buraco, adoro ficar em paz, e que não venham me importunar com seus amores e seus remorsos.

— O que posso fazer por você? — perguntei a Colette, que chorava. — Nada. Não entendo o seu desespero. Depende dos pais, se eles vão ou não dar andamento ao relato daquele pobre imbecil. Vai falar com eles. Não são crianças. Conhecem a vida. Você diz a eles que tinha um amante, que esse amante matou o seu marido... Na verdade, como as coisas se passaram exatamente?

— Naquela noite, eu estava esperando Marc. Jean só devia voltar no dia seguinte. Até agora eu não entendo o que aconteceu e por que ele adiantou o retorno.

— Por quê? Sua inocente. Porque alguém avisou que você estava esperando o seu amante naquela noite.

À palavra "amante", ela tremia e abaixava a cabeça. Eu a ouço suspirar dolorosamente na noite. Ela tem vergonha. Mas que outra palavra posso usar?

— Acho — disse ela enfim — que foi a empregada que eu tinha naquela época que avisou. Seja como for, eu estava esperando Marc à meia-noite. Mas, no momento em que ele atravessava a passarela, meu marido pulou em cima dele. Mas Marc era mais forte. (Que orgulho inconsciente em sua voz!) Marc não queria machucar, só se defender. Depois a raiva tomou conta dele. Ele agarrou meu marido, empurrou-o até o lugar onde não tem corrimão e o jogou dentro d'água.

— Não era a primeira vez que aquele rapaz ia à sua casa?

— Não...

— Você foi muito tempo infiel ao pobre Jean?

Nenhuma resposta.

— Mas você não se casou com ele contra a vontade, não é?

— Não. Eu amava Jean. Mas o outro... O primeiro dia em que vi Marc, você entende, já no primeiro dia, ele poderia ter feito de mim o que quisesse. Isso parece estranho?

— Não, é até bem comum.

— Você está zombando de mim. Mas tem de compreender, eu não nasci para ser má esposa. Se fosse feita para ter aventuras, tudo ia me parecer sem dúvida mais simples: um adultério que terminou mal, pronto! Mas, justamente, fui feita para ter a vida de mamãe, para ter o coração puro, para envelhecer como mamãe, de modo digno, sem dúvidas, sem remorsos. E de repente... Eu lembro que tinha passado o dia com Jean. Estávamos tão felizes. Fui à casa de Brigitte Declos. Éramos ligadas. Ela era jovem. Eu não tinha amigas da minha idade. E, engraçado, somos parecidas. Eu sempre dizia isso a ela. Em resposta, ela ria, mas devia achar que eu tinha razão, pois confirmava: "Podíamos ter sido irmãs." Na casa dela, pela primeira vez, encontrei Marc. E logo percebi que ela era amante dele, que ela o amava, e senti... um ciúme estranho. Foi, eu tinha ciúme antes de me apaixonar. E mesmo ciúme não é a palavra certa! Não, eu tinha inveja. Invejava desesperadamente uma espécie de felicidade que Jean não podia me dar. Não apenas a felicidade dos sentidos, entende, mas uma febre da alma, alguma coisa incomparável ao que eu considerava amor até então. Voltei para casa. Chorei a noite inteira. Estava com ódio de mim mesma. Se Marc tivesse me deixado em paz, eu teria me esquecido dele. Só que ele gostou de mim e não parou de me perseguir. Então, um dia, algumas semanas depois...

— Sei.

— Eu sabia muito bem que aquilo não podia durar. Sabia que ele se casaria com Brigitte assim que o velho morresse. Pensava... e depois, não, eu não pensava nada. Eu o amava. Queria me convencer de que, desde que Jean não soubesse de nada, era como se não houvesse nada. Às vezes, nos meus pesadelos, imaginava que ele saberia, porém muito tempo depois, quando estivéssemos velhos. E achava que ele me perdoaria. Mas como podia prever aquela horrível desgraça? Eu matei meu marido. Foi por minha causa que ele morreu. De tanto repetir isso para mim mesma, acho que vou ficar louca.

— As suas lágrimas não vão fazer ele voltar. Calma, tente evitar o escândalo, porque, naturalmente, vai ser feito um inquérito e a verdade irá aparecer. Toda a região sabe.

— Mas como evitar o escândalo? Como?

— Seu pai não precisa dar queixa, mas para isso ele precisa saber...

— Não posso! Não vou contar nada! Não posso. Não tenho coragem...

— Mas você está louca! Parece que tem medo dos seus pais. Eles amam você.

— Você não entende? Você que conhece a vida deles, você que sabe como se entendem tão bem, a ideia sagrada que têm do amor conjugal, como você quer que eu, a filha, confesse que enganava meu marido quando ele viajava e, por fim, que meu amante o matou? Isso seria para eles um golpe terrível. Não me basta um horror na consciência? —gritou ela, explodindo em soluços.

Quando ficou um pouco mais calma, perguntei outra vez o que ela queria de mim.

— Você não poderia contar a eles?...

— Mas que diferença faz?

— Ah, não sei! Acho que morreria se eu tivesse de confessar eu mesma... Você... Você explicaria que foi um momento de loucura, que não sou totalmente má e depravada, que eu mesma não compreendo como pude agir assim. Não quer, meu querido primo Silvio?

Pensei na resposta e respondi: "Não."

A pobre Colette soltou um grito de espanto e desespero:

— Não? Por que não?

— Por muitas razões. Primeiro (não posso explicar por que, mas peço que acredite), se o golpe, como você diz, viesse de mim, sua mãe sofreria muito mais. Não me pergunte por quê. Não posso contar. E, por fim, não quero me meter nessas histórias. Não posso servir como mensageiro da família com consolos, comentários, conselhos e um monte de preceitos morais. Estou velho, Colette, e quero paz. Na minha idade, a gente experimenta uma espécie de frieza... Você não pode entender isso, assim como não posso compreender seus amores e suas loucuras. Já vivi muito, não posso ver as coisas como você. Para você, a morte de Jean é uma catástrofe espantosa. Para mim... vi tantas mortes... era um pobre rapaz desajeitado e ciumento que está bem tranquilo lá onde se encontra. Você se acusa de ser a causa desta morte? Para mim, não há causa para os diversos acontecimentos, além do acaso e do destino. O seu caso com Marc? Ora, você teve prazer. O que quer mais? E mesmo seus pais, eu não poderia me impedir de dizer verdades que os espantariam e os afligiriam, aquelas boas almas...

Ela me interrompeu:

— Primo Silvio, às vezes acho...

Ela hesitou em prosseguir. Finalmente:

— Você não admira meus pais como eu.

— Ninguém merece ser admirado com tal fervor. Como ninguém merece ser desprezado com muita indignação...

— Nem ser amado com muita ternura...

— Talvez... Não sei. O amor, você sabe... Na minha idade, o sangue apagou, a gente esfria, como falei.

Colette, de repente, tomou minha mão. Pobre pequena! Como queimava. Murmurou com doçura:

— Sinto por você.

— E eu também — respondi com sinceridade. — Você se atormenta por tantas coisas.

Ficamos um longo tempo imóveis. A noite se tornava úmida. As rãs gritavam.

— O que você vai fazer quando eu for embora? — quis saber.

— O mesmo de todas as noites.

— Mas o quê?...

— Pois bem, vou fechar a cancela. Vou pôr os ferrolhos nas portas. Darei corda no relógio. Pegarei as cartas e jogarei uma, duas, três paciências. Beberei um copo. Não pensarei em nada. Vou me recolher. Não dormirei muito. Sonharei acordado. Vou rever coisas e gente de outras épocas. Você,

você vai voltar para casa, vai se desesperar, vai chorar, vai pedir perdão à foto do pobre Jean, lamentar o passado, temer o futuro. Não sei quem, se eu ou você, terá a melhor noite.

Ela se calou um instante.

— Estou indo — suspirou.

Eu a acompanhei até a cerca. Ela pegou a bicicleta e se foi.

Dias depois, Colette me contou que não foi para casa, mas pegou o caminho para Coudray. No estado de louca exaltação em que se encontrava então, precisava, com todas as forças, agir de alguma maneira, enganar a dor. Contou que, enquanto conversávamos, pensou que depois dela, ou mesmo antes dela, a mais interessada em evitar um escândalo era Brigitte Declos, a noiva de Marc. Resolveu ir a seu encontro, contar o que se passou e pedir seu conselho. Brigitte conheceria todos os detalhes da morte de Jean? Sem dúvida, tinha adivinhado as coisas. Em todo caso, a história datava já de dois anos; Marc e Colette não se viram mais. Ela não ficaria com ciúmes do passado. Só pensaria em salvar o homem com quem ia se casar em duas semanas. Talvez Colette estivesse farta de perturbar toda aquela felicidade. De qualquer modo, os interesses dos três estavam ligados. Ela foi, portanto, para a casa de Brigitte, que tinha jantado com a família de seu noivo e estava sozinha agora.

Começou dizendo que Marc corria um grande perigo.

Brigitte logo compreendeu. Ficou pálida e perguntou o que havia.

— Você sabe que foi Marc quem matou meu marido? — perguntou Colette sem preâmbulos.

— Sei — respondeu a outra.

— Ele confessou a você, então?

— Ele não precisava confessar. Eu adivinhei naquela mesma noite.

— Foi então que pensei logo: mas foi ela quem avisou Jean — continuou Colette. — Ela sabia, sem nenhuma dúvida, que Marc a enganava comigo. Ela resolveu: "O marido vai separar os dois." Ela jamais teria imaginado que ele se atracaria daquela forma com Marc. Ela acreditava mais numa explicação entre nós, meu medo do escândalo, a preocupação que eu teria em não afligir meus pais, um estado de coisas tal que fatalmente me levaria a deixar Marc. Ela não queria outra coisa. Para ela também a morte de Jean foi um golpe terrível e inesperado.

Às perguntas de Colette, Brigitte primeiro se defendeu, depois acabou por responder que de fato havia escrito a Jean na véspera de sua morte, "frisando com todas as letras, juro", afirmando-lhe que Colette, à noite, receberia Marc Ohnet em casa.

— Se eu soubesse... Fomos as duas terrivelmente punidas. Não me inveje. Fiquei com meu amante, mas pense em nossas angústias. Pense no risco que ele corre. Aqui, no interior, os tribunais não são indulgentes com crimes passionais. Ele poderia invocar caso de legítima defesa, mas quem sabe se irão acreditar? Quem sabe não irão pensar que ele armou uma armadilha para se livrar do marido? E, mesmo em caso de absolvição, o que será de nossa existência num lugar onde todo mundo me detesta e onde ele também não é lá muito querido? Todas as nossas propriedades estão aqui.

— Vocês ainda não se casaram. Podem se separar — contemporizou Colette.

— Não — respondeu Brigitte. — Eu amo Marc e essa infelicidade aconteceu em grande parte por minha causa. Não abandonarei meu amante porque ele está em desgraça. É preciso conseguir que seu pai não dê queixa. Se nada for oficializado, ninguém falará. Será o caso apenas de se ter coragem e enfrentar todas as insinuações, todas as curiosidades. Nós podemos fazer isso.

— Elas conversaram por muito tempo, quase toda a noite, "quase com amizade" — confidenciou Colette. — As duas amavam aquele rapaz e queriam salvá-lo. Colette temia também por seus pais e por seu filho.

— Você tem razão. Papai e mamãe precisam saber a verdade. Mas é vergonhoso para mim. Não posso contar a eles. Eles não vão compreender. Ficarão desesperados. Quando eu estiver diante deles, ao ver seus velhos rostos, honestos, terei tanta vergonha que as palavras não sairão da minha boca.

Brigitte calou-se por muito tempo. Enfim, olhou a hora:

— Já está muito tarde. Volte para casa. Amanhã de manhã, com um pretexto qualquer, saia de casa. Fique longe alguns dias. Eu irei encontrar seus pais e lhes contarei o que aconteceu. Talvez seja mais simples do que você pensa.

— Eu pensei — desabafou Colette — que meus pais prefeririam ouvir a verdade de outra boca que não a minha. Há entre pais e filhos tal pudor... Quando era pequena tinha vergonha de ver minha mãe nua. Tinha até vergonha de deixar transparecer pensamentos que contaria a qualquer amiga ou a minha velha babá. Meus pais eram seres à parte, acima das fraquezas humanas, e assim permaneceram. Pensei: "Eles saberão tudo, mas eu estarei ausente alguns dias. Eles terão tempo de se recuperar. Quando voltar, entenderão que não será preciso me dizer nada, jamais. Eles ficarão calados. Eles sabem tão bem se calar. E será como se esta história vergonhosa não tivesse acontecido."

No dia seguinte de manhã, vi chegar François e Hélène; Hélène estava aterrada; embora sem a menor suspeita da verdade, recusava a ideia de dar queixa, dizendo que isso faria sua filha sofrer, mas François, verdadeiro burguês respeitador das leis, considerava que era seu dever dar queixa.

— Foi algum vagabundo, algum bêbado retardado que cometeu o crime. Talvez um daqueles poloneses que trabalham nas fazendas. Seja como for, pense que um homem culpado de um crime que ficou impune poderá sempre ceder a uma segunda tentação de roubo ou de assassinato. Seríamos indiretamente responsáveis. Se correr sangue inocente de novo, isso será em parte culpa nossa.

— O que pensa Colette de tudo isso? — perguntei.

— Colette? Ela viajou, imagine. — respondeu Hélène. — Foi para a estação hoje de manhã; tomou o trem das oito para Nevers. Deixou um bilhete dizendo que não queria me acordar, que havia quebrado na véspera o pequeno espelho Empire presenteado por Jean, queria consertá-lo logo e aproveitaria para ver uma amiga de internato em Nevers, voltando dentro de dois ou três dias. Naturalmente, vamos esperar para decidir o que convém fazer. Coitadinha! Essa história de espelho quebrado foi um pretexto! Na realidade, ela ficou assustada com o relato do rapaz e quis se afastar daqui, desse lugar que lhe traz tão tristes lembranças, talvez para não ouvir pronunciar o nome de Jean. Ela era assim quando criança. Quando sua avó morreu, cada vez que eu falava na pobre mulher, Colette se levantava e saía da sala. Um dia, quando lhe perguntei a razão, ela me respondeu: "Não consigo segurar o choro e não quero chorar na frente de todo mundo."

Ela quis ganhar tempo, respondi mentalmente, e talvez escrever de Nevers para vocês, contando toda a verdade. Isso evitaria a confissão direta que tanto teme.

Pensei também na possibilidade de consultar um padre. Soube mais tarde que ela o consultara há tempos e o padre a aconselhara contar aos pais o que tinha se passado, acrescentando ser um justo castigo por seu erro. Mas o medo de fazer sofrer os pais que ela tanto adorava fez com que fechasse a boca. Enfim, imaginei toda espécie de razões para a partida de Colette, mas naturalmente não podia adivinhar ter ela envolvido Brigitte Declos na história.

— Acho que Hélène tem razão — observei, dirigindome a François. — Colette sofrerá muito quando a justiça começar a examinar sua vida privada e a do marido.

— Meu Deus! Pobres crianças, não tinham nada a esconder!

— Quanto ao assassino (se houve um, se o garoto não mentiu), ele sem dúvida deixou a região há muito tempo.

Mas François sacudiu a cabeça.

— Mas isso não o impedirá de cometer um segundo crime, no dia em que for levado pela necessidade ou bebedeira. Se ele matar alguém fora daqui, minha responsabilidade será menor? Eu respondo pela minha consciência sobre o que ele poderá fazer, seja em Saône-et-Loire, no Lot-et-Garonne, no Norte ou no Sul.

Olhou para a mulher.

— Eu nem compreendo como se pode discutir isso. Você me espanta, Hélène. Como, com um espírito tão reto e tão puro, você não percebe o que há de degradante na ideia de esconder uma má ação, simplesmente porque isso perturbaria nosso repouso?

— Não o nosso, François, o de nossa filha.

— O dever nada tem a ver com amor paternal ou maternal — respondeu François com delicadeza. — Mas do que adianta discutir? Colette vai voltar. Vamos conversar longamente sobre tudo isso e estou certo de que ela concordará com minhas razões.

A hora avançava; voltaram para casa; tinham vindo a pé até Mont-Tharaud e perguntaram se queria acompanhá-los. Ao longo do trajeto evitamos, de comum acordo, tocar no assunto, mas era visível que só pensavam no triste acontecimento e na impressionante cena da véspera.

Hélène me convidou para almoçar. Aceitei. Assim que acabamos de comer alguém tocou. A empregada anunciou a senhora Brigitte Declos.

— Ela pediu para falar com o senhor e a senhora — acrescentou ela.

Hélène ficou lívida. Quanto a François, pareceu surpreso, mas, como estávamos no pequeno escritório onde acaba va de ser servido o café, pediu à empregada que fizesse entrar a visitante e se levantou para cumprimentá-la.

O escritório é um pequeno cômodo charmoso, cheio de livros com duas grandes poltronas *bergère* no canto da lareira. Ali, há mais de vinte anos, meus primos passam suas noites calmas, ele com um livro, numa poltrona, ela na outra, um trabalho nas mãos; entre eles, o relógio que bate como um coração sem remorsos, lenta e agradavelmente — a imagem da felicidade conjugal.

Brigitte entrou e lançou um olhar curioso em volta: não conhecia aquela peça dentro da casa de meus primos, só os havia visitado uma vez, no dia do casamento de Colette; não havia passado do salão cerimonioso e sombrio. Aqui, tudo exprimia a felicidade de um profundo e mútuo amor. Os homens mentem, mas flores, livros, retratos, luminárias, com essa aura gasta, ternamente familiar, são mais sinceros que rostos. De outras vezes, examinava sempre todas aquelas coisas e pensava: "Eles são felizes um com o outro. O passado é como se não existisse. Eles são felizes e se amam." Com o correr dos anos, isso ficou tão evidente que parou de ocupar minha atenção e, inclusive, nem me interessava mais.

Brigitte me pareceu magra e pálida; estava menos... animal, se posso dizer, e mais mulher. Quero dizer que ela tinha perdido a insolente segurança da felicidade; parecia inquieta e tinha no olhar que lançava ao redor alguma coisa de inexplicável, como um desafio, um ressentimento e, ao mesmo tempo, curiosidade e angústia. Recusou a xícara de café que Hélène maquinalmente lhe ofereceu e, com uma voz baixa e um pouco trêmula, começou:

— Vim para lhe suplicar, senhor Érard, que não dê seguimento às suas intenções, que não procure a justiça por causa da morte de seu genro. É muito grave. Se a verdade for conhecida, só irá resultar em novas desgraças.

— Novas desgraças? Para quem?

— Para o senhor.

— Você sabe quem matou Jean?

— Sei. Foi Marc Ohnet, meu noivo.

François se levantou e começou a andar agitado pelo cômodo. Hélène ficou muda. Brigitte esperou um instante e, vendo que nem um nem outro falava, continuou:

— Vamos nos casar dentro de alguns dias. Nós nos amamos. Isso seria um escândalo terrível que arrebentaria nossas vidas e não faria voltar seu pobre genro.

— Mas, veja — exclamou François —, a senhora pensou no que diz?... Que o assassino seja um errante, um vagabundo qualquer ou Marc Ohnet, seu noivo, isso não muda nada; trata-se de um crime, e o homem que o cometeu deve ser julgado. Mas como? A senhora ousa me implorar em nome de sua felicidade, a senhora que destruiu a de minha filha? Aqueles dois homens brigaram por causa da senhora, suponho? A senhora era cortejada por um e por outro, talvez?

O bom François só tinha um defeito: pouco habituado com as maneiras, ele se exprime, como diz o povo, "como um livro" quando sob emoções fortes. Não sei por que, nunca tinha notado isso antes. Não pude impedir de sorrir e Brigitte também sorriu: mas não era um sorriso exatamente compreensivo.

— Senhor Érard. Eu lhe juro que aqueles dois homens não brigaram por minha causa e Jean Dorin jamais me fez a corte. O senhor o está caluniando. Ele era fiel à mulher e eu não teria dado atenção a ele. Sou amante de Marc Ohnet há quatro anos. Eu o amo e só amei a ele.

Ela o olhou com um ar de bravata que exasperou François.

— Você não tem vergonha? — perguntou ele.

— Vergonha? Por quê?

— Como a gente tem vergonha quando comete uma má ação — respondeu ele friamente. — Seu marido era velho, mas a senhora tinha o dever de respeitá-lo. É ignóbil ter enganado aquele homem que a tomou sem nada, que a agradava e amava e que lhe deixou uma fortuna. Com seu dinheiro, a senhora arranja um jovem amante...

— O dinheiro nada tem a ver com isso.

— O dinheiro sempre tem alguma coisa a ver com isso, minha senhora. Sou um homem velho e a senhora é uma criança. Seus negócios, claro, não me dizem respeito, mas já que resolveu confiar em mim, permita-me apontar com o dedo a sujeira que talvez a senhora não veja. A senhora enganou indignamente seu marido. Ele lhe deixa uma fortuna. Seu noivo e a senhora irão viver dessa fortuna. Que belo casal! E, entre vocês, a lembrança de um crime... pois me diz que aquele infeliz matou nosso pobre Jean. Que belo futuro estão preparando! No momento a senhora é jovem. A senhora só vê o prazer. Pense no que a velhice será para os dois.

— Tão agradável como a sua — sussurrou ela.

— Não.

— Tem certeza?

Seu tom era tão estranho que Hélène fez um movimento em sua direção e soltou uma espécie de suspiro implorante. Brigitte pareceu hesitar, mas continuou:

— O senhor é de uma moralidade irrepreensível. No entanto, a senhora Érard não era viúva quando o senhor a desposou?

— O que pretende? Como ousa se comparar à minha mulher?

— Não é um insulto — respondeu ela no mesmo tom baixo e monótono. — Só estou me perguntando... A senhora Érard tinha se casado, como eu, em primeiras núpcias, com um velho marido doente. Ela lhe foi fiel. Que ela me diga, no entanto, se aquela fidelidade sempre foi fácil e agradável.

— Eu não amava meu primeiro marido, é verdade — confirmou Hélène —, mas não me casei contra a vontade. Não tenho portanto do que me queixar, e a senhora também não...

— Há muitas coisas que forçam nossa vontade — observou Brigitte com amargura —, a pobreza, por exemplo, o abandono...

— Ah, o abandono...

— Sim, perfeitamente. A senhora acha que não fui abandonada?

— A senhora Coudray...

— A senhora Coudray fez por mim o que pôde: ela substituiu minha mãe. Não impede que minha mãe não se preocupasse comigo. Quando fiquei sozinha, ela não deu sinal de vida. Então, o primeiro homem que se apresentou... A senhora acredita que uma moça de 20 anos se casa de bom grado com um velho aldeão de 60? Um velho duro e avaro? De boa vontade? A senhora diz, de boa vontade. E sua filha, sua filha *legítima* (ela frisou a palavra), Colette, casou com Jean Dorin de bom grado, o que não a impediu de ser amante de Marc Ohnet. Pergunte a ela; ela contará como deixou Marc entrar em sua casa naquela noite, como seu marido foi avisado e como ele morreu.

E tudo foi dito. François e Hélène ouviram com estupor. Como lágrimas escorriam pelo rosto de Hélène, Brigitte perguntou:

— Está chorando por causa de sua filha? Fique tranquila. Ela vai esquecer, todas essas coisas se esquecem. Vive-se muito bem com a lembrança de uma má ação, como o senhor diz, e mesmo com um crime. A senhora viveu bem — acrescentou, virando-se para Hélène.

— Ah, um crime — protestou fracamente a pobre mulher.

— Eu chamo de crime: ter um filho e abandoná-lo. Em todo caso, é pior do que enganar um marido velho e mal amado. O que acha, senhor Érard?

— O que quer dizer?

Hélène, que tremia mas encontrou dentro de si uma calma admirável, fez sinal para Brigitte se calar. Ela se voltou para o marido:

— Já que você deve saber, prefiro que seja por mim. Esta jovem tem o direito de falar assim: tive um amante antes de nosso casamento (ela corou penosamente sob as rugas), uma aventura que só durou algumas semanas; tive uma filha. Não queria que você soubesse, nem impor em nossa casa a presença dessa criança. Mas também não quis abandoná-la. Sim, apesar do que ela está dizendo, eu jamais quis abandoná-la. Minha meia-irmã, Cécile Coudray, estava livre e sozinha; ela se encarregou de Brigitte. Eu achava que ela era feliz. Com o tempo...

Ela se calou.

— Com o tempo, a senhora me esqueceu — completou Brigitte. — Eu sempre soube... Um dia, a senhora foi a Coudray com seu marido e Colette ainda pequena. Ela chorava; estava com sede. A senhora a pôs no colo e a beijou. Ela estava com uma roupa tão bonita, uma corrente de ouro no pescoço... E eu... como fiquei com ciúmes. A senhora nem me olhou...

— Não tive coragem. Tinha tanto medo de me trair...

— Não é verdade — opôs-se Brigitte. — A senhora tinha me esquecido, só isso. Mas eu sempre soube. Cécile me contou. Ela detestava a senhora, sua irmã Cécile. Ela a detestava quase sem saber. A senhora era mais jovem, mais bonita, mais feliz que ela. Porque a senhora foi feliz. Veja bem. Deixe-me fazer como a senhora. Não seja muito severa com Colette, que a considera uma santa, que preferiria morrer a se mostrar tal como ela é. Eu tenho menos pudor. O senhor não dará queixa, não é, senhor Érard? São histórias de família que devem ficar entre nós.

Ela esperou uma resposta que não veio. Levantou-se, pegou pausadamente a bolsa, luvas, andou até o espelho acima da lareira e ajeitou o chapéu. Nesse momento, a empregada veio tirar o café. Precavida, curiosa. Depois Hélène acompanhou a jovem mulher através do jardim até a cerca.

— Não tenho mais nada a fazer aqui — adiantei-me. — Meus caros, atenção, não digam nada de que possam se arrepender depois.

— Não tenha medo, Silvio.

François me deixou ir embora sem responder ao meu adeus. Sequer se mexia, parecia de repente muito envelhecido e ar frágil que trazia no semblante se tornara mais nítido; tinha o ar de um homem tocado pela morte.

Eu os deixei, mas não fui para casa. Meu coração batia como nunca. Todo o passado retomava vida. Parecia que eu tinha dormido durante vinte anos e acordava para retomar a leitura no lugar onde havia parado. Maquinalmente, cheguei ao banco que fica sob a janela do escritório e de onde podia ouvir cada uma de suas palavras. Durante muito tempo, não ouvi nada. Depois ele a chamou:

— Hélène...

Eu estava meio escondido pela roseira. Mas podia ver o interior do quarto. Via o marido e a mulher sentados um ao lado do outro, segurando as mãos; eles não trocaram uma palavra. Um único beijo ou um olhar entre eles teria apagado o pecado. Foi quando ele a interrogou muito baixo, com vergonha:

— Quem?

— Já morreu.

— Eu conhecia?

— Não.

— Mas você amava esse homem?

— Não. Só amei você. Foi antes de nosso casamento.

— Mas nós já nos amávamos. Eu, pelo menos, já amava você.

— Como você quer que eu explique o que aconteceu? — exclamou ela. — Faz mais de vinte anos. Durante alguns dias, eu não fui "eu". Foi como se... como se alguém tivesse irrompido na minha vida e tivesse vivido em meu lugar. Essa garota infeliz me acusa de tê-la esquecido. Mas é verdade, eu esqueci! Não os fatos, naturalmente. Não aqueles meses amedrontados que precederam seu nascimento, nem seu próprio nascimento, nem aquela aventura... Mas os motivos que me fizeram agir. Eu não os compreendo mais. É como uma língua estrangeira que se aprendeu e depois esqueceu.

Havia disparado a falar, febrilmente e muito baixo.

Eu ouvia com uma atenção apaixonada, mas algumas palavras me escapavam. Ouvi ainda:

— ...amar como nós nos amamos... e descobrir uma outra mulher.

— Mas é a mesma, François! François, meu querido... É o amante que teve uma mulher falsa, diferente da verdadeira, uma máscara, uma mentira. A verdadeira, só você possui. Olhe para mim. É a sua Hélène que torna a vida agradável, que há vinte anos dorme em seus braços todas as noites, cuida da casa, sente a distância sua dor e sofre mais do que você, que passou os quatro anos da guerra temendo por você, esperando, só pensando em você.

Ela se interrompeu e houve um grande silêncio. Retendo meu fôlego, deslizei para fora do esconderijo. Atravessei o jardim. Ganhei a estrada. Andava depressa e me parecia que um calor esquecido renascia em meus ossos. Era estranho: Hélène, há muito tempo, deixara de ser uma mulher para mim. Às vezes eu sonhava com uma jovem negra que eu tinha no Congo e com aquela inglesa ruiva, de pele como leite, que viveu dois anos comigo quando estava no Canadá... Mas Hélène! Ontem ainda, seria preciso um certo esforço de espírito para me dizer: "Mas, de verdade, sim, Hélène!..." Era como aqueles pergaminhos de outrora nos quais os antigos escreviam relatos lascivos e que os monges decifravam pacientemente anos depois, a fim de buscar alguma vida de santo envolta em ornatos singelos. A mulher de vinte anos atrás tinha desaparecido sob a Hélène de hoje. A única verdadeira, dizia ela. Eu me surpreendi exclamando: "Não! Ela está mentindo!"

Em seguida, zombei de mim mesmo por estar tão emocionado. Em suma, qual é a pergunta: "Quem conhece a verdadeira mulher? O amante ou o marido? São elas tão verdadeiramente diferentes uma da outra? Ou sutilmente misturadas e inseparáveis? São elas forjadas de duas substâncias que, reunidas, formam uma terceira que então não se parece com nenhuma das outras duas?" O que significaria afirmar que a verdadeira mulher era desconhecida tanto para o marido quanto para o amante? E, no entanto, trata-se da mais simples das mulheres. Mas vivi o bastante para saber que não há corações simples.

Perto de minha casa encontrei um de meus vizinhos, pai Jault, que estava tocando suas vacas. Fizemos parte do caminho juntos. Eu sabia que ele tinha uma pergunta na ponta da língua e hesitava em fazer. Apesar disso, decidiu-se no momento em que ia entrar em casa. Ele batia distraidamente no flanco da vaca, um belo animal ruivo de chifres em forma de lira.

— É verdade o que andam dizendo, que a senhora Declos vai vender sua propriedade?

— Não soube.

Ele pareceu decepcionado.

— Mas eles não vão poder ficar na região.

— Por quê?

À minha pergunta, ele resmungou vagamente:

— Seria melhor.

E continuou:

— Dizem que o senhor Érard pretende dar queixa. Que o senhor Dorin teria sido vítima e que Marc Ohnet estaria metido na história.

Eu respondi:

— Creio que não. O senhor Érard é um homem muito prudente para alertar a justiça sem provas, apenas com base nas tagarelices de um jovenzinho de fazenda. Digo isso porque o senhor me parece estar ciente de tudo, pai Jault. Não esqueça que um homem acusado injustamente pode atacar por sua vez aqueles que falaram mal dele sem provas. O senhor entendeu?

Ele ergueu a chibata e juntou os animais em torno.

— Não se pode impedir as pessoas de falar — respondeu com simplicidade. — Claro que ninguém aqui quer se misturar com negócios de justiça. Se a família não se mexe, ninguém vai agir no lugar dela, claro. Mas o senhor que conhece a senhora Declos e Marc Ohnet...

— Eu os conheço muito pouco.

— Diga a eles para vender a propriedade e ir embora. Será melhor.

Ele tocou a boina com a ponta dos dedos, murmurou “salve” e se afastou. Era noite.

Voltei para casa bem tarde, depois de uma longa parada no cabaré da região. A empregada estava inquieta. Eu tinha bebido. Jamais acontece, por assim dizer, de me embriagar. Não sou inimigo da garrafa e, na selvagem solidão em que vivo, ela é minha companhia; ela me acalma como o faria uma mulher. Mas sou herdeiro de uma longa linhagem de camponios da Borgonha que emborcavam um litro por refeição como se fosse soro de leite, e mantenho a cabeça fria. Naquela noite, no entanto, eu não estava no meu estado normal. O vinho, em lugar de me acalmar, virou meu cérebro do avesso, inspirando-me uma espécie de raiva. Como se de propósito, nunca minha velha criada fora tão lenta. Queria que partisse, como se esperasse alguém. De fato, esperava minha juventude. A lembrança dos anos passados viria com mais frequência se nos voltássemos para ela, para esta suprema doçura. Mas a deixamos adormecer em nós e, pior que isso, morrer, corromper-se, tanto que os generosos movimentos da alma que nos subvertem aos 20 anos são vistos, anos depois, como ingenuidade, bobagem. Nossos amores puros, ardentes, tomam a aparência degradante dos mais vis dos prazeres. Naquela noite, não era apenas minha memória que reencontrava o passado, mas meu próprio coração. Aquela ira, aquela impaciência, aquele vivo apetite de felicidade, eu os reconhecia. E, no entanto, não era uma mulher viva que me esperava, mas uma sombra, feita do mesmo estofo que meus sonhos. Uma lembrança. Nada de palpável, nada de quente: e para que calor, velho homem de coração seco? Olho minha casa e fico aterrado. Eu, tão ambicioso, tão ativo em outros tempos, seria eu mesmo o habitante desse lugar, arrastando-me dia após dia, de minha cama até a mesa, da mesa até a cama? Como posso viver assim? Não existo mais. Não penso mais em nada, não gosto de nada, não desejo nada. Não há jornais nem livros em minha casa. Eu me aconchego no canto do fogo, fumo meu cachimbo. Acaricio o cachorro. Falo com a empregada. É tudo, não há mais nada. Volte, juventude, volte. Fale pela minha boca. Diga a essa Helène tão racional, tão virtuosa, que ela mentiu. Diga-lhe que seu amante não morreu, que ela me enterrou muito depressa, mas estou bem vivo, que me lembro de tudo. Ela mentiu! A verdadeira mulher está enclausurada nela, a mulher ardente, alegre, arrojada, amante do prazer, eu que a conheci, eu, só eu! François teve dela uma pálida e fria imagem, tão falsa quanto um epitáfio sobre uma tumba, mas eu, eu possuí o que agora está morto: sua juventude.

Bom... aquele último copo de vinho me pôs num estado de exaltação estranha. Preciso me dominar. A empregada me olha com espanto. A sopa está na mesa há muito tempo e eu permaneço sentado na grande poltrona de palha da cozinha, garatujando, fumando, empurrando às vezes com o pé o cachorro que pede atenção. Primeiro, preciso ficar sozinho. Não sei por quê. Não suportaria em minha casa uma presença humana nesta noite. Só quero fantasmas... Não estou com fome; digo a Louise para tirar o prato e ir-se embora. Ela tranca as galinhas. Todos aqueles barulhos familiares... A janela que chia, o trinco que range, o balde que desce ao poço com longos suspiros e vai guardar até amanhã na água fresca a garrafa de vinho branco e a porção de manteiga. Eu empurro a garrafa que ficou perto de mim. Eu a recuso, depois mudo de ideia; pego-a de volta e meu copo; o vinho dá uma lucidez extrema ao meu pensamento. E agora, Hélène, a nós dois!

É típica essa resposta, de uma mulher virtuosa, que jura ao marido que tudo não passou de um momento de loucura, o que aconteceu há vinte anos. Ora veja! Um momento de loucura! Eu digo que foi apenas nessa época que você viveu; depois, passou a fingir, repetindo os gestos da vida, mas o sabor verdadeiro, aquele que só se experimenta uma vez — você sabe aquele gosto de fruta que têm os lábios jovens —, você conheceu graças a mim, só graças a mim. "Pobre velho Silvio, meu bom amigo, pobre Silvio em seu ninho de ratos." Será verdade que você me esqueceu? Vamos ser justos. Eu também tinha esquecido. Foi preciso ouvir as palavras da pequena, o desespero e a vergonha vã da pobre Colette, ontem, e também, sobretudo, o excesso de vinho, para que eu reencontrasse você. Mas, já que você está aí, não a abandonarei tão cedo, pode estar certa. A verdade, você a ouvirá de mim, como a ouviu no tempo em que eu, o primeiro, eu lhe fazia descobrir a beleza do seu corpo — e que fonte maravilhosa de felicidade ele era para você mesma. (Você não queria, você era tímida e casta, então... Um beijo, sim, porém mais nada... Mesmo assim, você cedeu. E que amante você foi!) E como nos amamos... Porque, entenda, é muito cômodo dizer: "Foi um momento de desvario, algumas semanas de loucura, eu me recordo com horror." Mas você não apagará a verdade, e a verdade é que nós nos amamos. Você me amou até esquecer a existência de François, até consentir em tudo para não me perder. Ah, sim, ainda há pouco, sua honesta expressão de mulher envelhecida, de boa mãe de família, sua expressão aterrada quando soube que sua filha Colette recebia um homem em casa, naquele idílico Moulin-Neuf, na ausência do marido. Muito bem, e você? Ela tem a quem sair, a filha! E a outra também, ela tem de nós dois. São criaturas vivas e nós há vinte anos estamos mortos, pois não amamos mais nada, eis a verdade. Porque não é a mim que você vai dizer que ama François, não é? Sim, é seu amigo, seu marido, vocês estão habituados a viver juntos. Vocês podem viver como irmão e irmã. Na verdade, certamente desde o nascimento de Loulou, vocês vivem como irmão e irmã, mas você nunca o amou, você só amou a mim. Ora, ouça, venha para perto de mim, lembre-se! Virou hipócrita? Mas não, foi bem o que pensei, você agora é outra, como dizia?... Aos vinte anos, alguém irrompe na sua vida. É, um desconhecido ofegante, alado, radiante, que acende nosso sangue, devasta nossa vida e vai embora, desaparece. Pois bem, eu vejo aquele estranho ressuscitar. Você está ouvindo? Olha para ele. Não reconhece? Lembra aquele grande corredor branco e frio e o seu velho marido (não François, o primeiro, o que morreu há muito tempo, aquele cujo nome ninguém mais pronuncia), seu marido na cama, com a porta do quarto entreaberta, porque ele era ciumento e desconfiado, e como nós nos beijávamos, você e eu, aquela sombra grande projetada no teto pela luz da lâmpada, aquela sombra que revejo às vezes nos sonhos, que era você e eu, nós pensávamos. Na realidade não era nem um nem outro, mas o rosto do estranho, semelhante a nós, e diferente de nós e há muito desaparecido!

Hélène, minha amiga, você se lembra do primeiro dia em que nos encontramos? François a conheceu menina. Quando Colette estava noiva e você bebia ponche na minha casa, François falou do passado de vocês. Não me diz respeito. Eu não a conheci criança, mas mulher, ligada a um velho marido, só esperando sua morte para se casar com François. Ele estava então ausente, no estrangeiro. Tinha um posto de leitor francês numa universidade da Boêmia. Eu voltava de uma longa viagem. Você era bela e jovem e se aborrecia. Mas espera. Vamos pôr ordem em nossas lembranças.

O primeiro marido de Hélène era um Montrifaut, primo de minha mãe. Eu vivia na África quando Hèlène se casou. Isso foi antes da guerra de 1914. Hélène era ainda criança no momento de minha partida. No entanto, lembro quando minha mãe contou sobre o casamento — a querida mulher me escrevia todas as semanas uma espécie de diário no qual falava de coisas e pessoas da região, sem dúvida para me inspirar uma espécie de nostalgia e desejo de retorno —, lembro que pensei longamente naquela criança meio desconhecida. Lembro a noite sufocante, a choupana, o candeeiro que ardia num canto, os lagartos perseguindo as moscas nas paredes brancas, minha negra Fifé com seu turbante verde. Eu lia minha carta; sonhava; imaginava aquela união tão desigual e exclamei de repente: "Que pena."

Se é impossível prever o futuro, creio que alguns sentimentos muito violentos se anunciam meses, anos à frente, por uma agitação estranha do coração. Por exemplo, aquela tristeza funesta que sempre experimentei nas estações na hora em que a noite cai, eu não a compreendo, só a *reconheci* anos mais tarde, durante a guerra, nas plataformas de triagem onde, soldado, esperava o trem que me levaria ao front. Também o amor, anos antes de entrar em minha vida, passou por meu coração, como um sopro. Aquela noite na África, sentia calor, tinha sede, estava com um acesso de febre, cochilava e dormia, e, em meu sonho, estava com uma mulher, uma francesa, uma jovem da minha região. Mas a cada vez em que dela me aproximava, ela fugia. Eu estendia os braços e, por um instante, tocava seu rosto suave, coberto de lágrimas. Pensava: "Por que essa jovem está chorando? Por que não se deixa beijar?" Queria tê-la comigo: ela desaparecia e eu a procurava no meio de uma multidão que era a dos domingos de interior na igreja, uma multidão de camponios vestidos com grandes blusões pretos. Lembro até este detalhe: um vento forte, soprando não se sabe de onde, enchia aqueles blusões como asas. Ao acordar, embora o rosto da jovem no sonho continuasse oculto a meus olhos, eu sabia: "Imagina, sonhei com a pequena Hélène, que acaba de se casar com Montrifaut."

Dois anos depois, enfim, voltei para a França.

Minha mãe teria me conservado por perto se me deixasse viver como eu queria; passar os dias nos bosques e as noites perto dela. Mas ela, naturalmente, desejava me casar. Por aqui, os casais são formados durante grandes e solenes refeições para as quais todas as jovens em idade de se casar são convidadas. Os homens se apresentam ali, pensando no montante dos dotes e no das esperanças, como se vai para um leilão conhecendo o preço de cada objeto posto à venda, mas, nos dois casos, ignoramos até onde ele subirá.

Jantares de minha província! Sopa espessa servida com a colher, peixe vindo da lagoa da propriedade, enorme, gorduroso, mas tão cheio de espinhas que se acredita ter na boca um porco-espinho. Além disso, ninguém diz uma palavra. Todos aqueles robustos pescoços inclinados para a frente, mastigando devagar como os bois no estábulo. E depois do peixe, vem a primeira carne, um ganso assado de preferência, depois a segunda carne, esta com molho, e seu aroma de ervas e de vinho. E para terminar, depois dos queijos que os convivas comem com a ponta das facas, a torta de maçãs ou de cerejas, de acordo com a estação. Depois, só resta entrar no salão e escolher no círculo de moças com vestidos cor-de-rosa (antes da guerra todas as jovens disponíveis usavam roupas cor-de-rosa, daquele rosa pálido dos confeitos ou rosa cru do presunto fatiado), entre todas aquelas moças, com sua pequena medalha de ouro no pescoço, cabelos presos na nuca em coques, luvas de renda e mãos vermelhas, sua companhia para a vida. Entre elas estava Cécile Coudray, na época com 32 ou 33 anos, mas, na esperança de lhe encontrarem um marido, ainda era exibida e vestida ridiculamente naquele uniforme rosa da virgindade, pobre moça desbotada e seca, lábios pintados, sentada não longe de sua jovem meia-irmã, esta casada e feliz.

Hélène, a primeira noite em que a vi, usava uma roupa de veludo vermelho, o que era considerado ousado para a época e para aquele mundo: era uma jovem mulher de cabelos negros... Pois é, queria descrevê-la. Não posso. Sem dúvida, desde o início eu a olhei de muito perto como tudo que se cobiça; você conhece a forma e a cor da fruta que leva à boca? As mulheres que amamos, como eu a amei, parece que desde o primeiro dia a vimos à distância de um beijo. Olhos negros, pele clara, vestido de veludo vermelho, ar ardente, alegre e ao mesmo tempo atormentado, aquela expressão particular da juventude, de desafio, inquietude e espontaneidade... Eu me lembro... O marido devia ter a idade do pai Declos às vésperas de sua morte, mas não era um campônio: meu primo era notário em Dijon; era rico; tinha cedido o cargo alguns meses antes do casamento e comprado aquela casa que Hélène herdou e onde vive no presente com o segundo marido e os filhos. Era um grande velho branco, frágil, transparente; minha mãe me conta que ele fora em outra época de uma beleza notável e conhecido pelo sucesso com as mulheres. Ele mal permitia que sua mulher saísse de perto; quando ela se afastava, "Hélène", pronunciava ele, a voz ligeira como um sopro, e ela, então... Ah, aquele movimento de impaciência, aquele gesto dos ombros ainda magros que estremeciam bruscamente, como um cavalo jovem estremece quando se toca sua pele com a ponta do chicote... Acho que, se ele a chamava assim, era justamente pelo prazer de ver aquele gesto de cólera e a volúpia de sentir que ela o obedecia. Eu a vi e lembrei meu sonho.

Eu era jovem então. Pergunto-me se a cara de homem que eu ainda tinha permanece no fundo de alguma memória? Hélène, por certo, a esqueceu. Mas talvez uma daquelas jovens de cor-de-rosa, hoje uma velha dama e sem me rever, se lembre daquele rapaz magro, queimado de sol, com seu pequeno bigode negro emoldurando os dentes pontudos. Falei uma vez com Colette sobre meu bigode em gancho, para fazê-la rir. Não, eu não era aquele jovem 1910 como se imagina, risca no meio, cabelos engomados como uma cabeça de cera no barbeiro. Era mais ágil, mais forte, mais engraçado, mais aventuroso que os jovens de hoje. Marc Ohnet lembra um pouco o que fui. Como ele, o excesso de virtude não me continha. Tanto teria sido capaz de afogar um marido ciumento, como beber, cortejar a mulher do próximo, brigar, suportar as piores fadigas e os mais duros climas. Eu era jovem.

Assim foi nosso primeiro encontro: um salão de interior; um grande piano entreaberto mostrando os dentes. Uma jovem em rosa-salmão — Cécile Coudray — recitando *Aujourd' hui plus qu'hier et bien moins que demain,*[1] a família do interior sonolenta, digerindo com esforço o ganso assado e o ensopado de coelho, e uma mulher de vermelho bem perto de mim, tão perto que só tinha de estender a mão para tocá-la, como no sonho, tão perto que sentia o fino e fresco aroma de sua pele, tão perto e, no entanto, tão longe...

[1]Hoje mais que ontem e bem menos que amanhã. (N. *do T.*)

Voltando para casa naquela noite, tinha a firme intenção de rever Hélène. Viera-me um plano de sedução à mente: tinha 20 anos e um marido velho, maravilha; parecia impossível que ela me resistisse muito tempo. Imaginei primeiro encontros inocentes, depois alguns mais secretos, mais culpados, depois uma ligação desprendida ao fim de alguns meses, no momento de minha partida. É estranho pensar, depois de tantos anos, que a forma de nossas relações seria esta: eu a moldaria grosseiramente com meus desejos e sonhos. O que não podia prever é a chama que se encerrava ali, nem a cinza quente que ficou após tantos anos ainda queimando-me o coração. Nada mais estranho que um acontecimento que obedece a nossos desejos! Quando era criança, na praia, me lembro de um jogo que adorava e que prefigurava toda minha existência: eu cavava na areia um sulco e, com a maré alta, o mar se precipitava de repente pelo caminho que eu havia traçado, com uma violência tal que destruía na passagem meus castelos, seixos, meus diques de pedra, ele arrancava tudo, devastava tudo, desaparecia me deixando magoado e sem ousar me queixar, porque só havia acorrido ao meu chamado.

Tentei encontrar Hélène na casa do marido. Procurando um pretexto, finalmente me ocorreu que em seu jardim floresciam rosas soberbas, vermelhas, vigorosas, aquelas rosas de longos caules, espinhos cortantes e duros como aço, com pouco perfume, mas uma aparência robusta e plebeia, alguma coisa de carnuda e resplandecente como a face de uma bela aldeã.

Inventei uma história qualquer. Queria fazer uma surpresa para minha mãe, encomendar para ela, na cidade, roseiras semelhantes. Fui à casa de Hélène para perguntar-lhe o nome exato daquelas flores.

Ela me recebeu. Estava sem chapéu, sob um sol escaldante, uma tesoura de poda na mão. Quantas vezes eu a vi assim. Ainda agora ela tem uma beleza de vento pleno como a do pescador, aquela textura de pele que mal conhece maquilagem e que o ar e o sol tornam dourada.

Ela contou que o marido estava doente. Iniciava-se então uma longa doença da qual ainda iria sofrer dois anos antes de deixá-la viúva; ele tinha o pudor de fechar a porta para sua jovem mulher quando os acessos o atacavam: era a asma dos velhos, dolorosas sufocações. Mais tarde, quando não pôde mais deixar a cama, exigia sua presença constante. Mas na época de que falo, ela ainda era livre em todo caso para me receber, me dizer o nome das rosas, num grande salão de persianas meio fechadas, onde sobre um buquê zumbia uma abelha. Eu lembro que a casa já tinha aquele doce aroma de cera fresca, de lavanda, de doce cozinhando em grandes panelas.

Pedi permissão para revê-la. Eu a revi uma, duas, dez vezes. Eu a surpreendi na entrada do burgo, um domingo à saída da igreja, à beira d'água, na floresta e naquele Moulin-Neuf onde Colette depois... Ela o esqueceu, o Moulin-Neuf ainda não havia sido reconstruído. Velho e moroso, rodeado pelo barulho do rio, seus velhos muros nos avistaram muitas vezes quando íamos visitar a moleira, na saída de Coudray. Naqueles dias, depois do encontro com Hélène, sua madrasta morreu. Avara em excesso, não quis se separar de um cavalo que lhe fora vendido barato e que era muito jovem para ser atrelado; ele derrubou no fosso a carroça que ela mesma conduzia na saída da igreja. Cécile ficou com o rosto assustadoramente ferido; já a madrasta, fraturou o crânio e morreu na estrada. Cécile herdou a pequena propriedade de Coudray e uma magra renda; sempre fora arisca e tímida. Aquele ferimento que a desfigurava acabou por lhe tirar toda confiança em si mesma; não queria ver ninguém; achava sempre que riam dela. Em alguns meses, tornou-se a bizarra criatura que conheci no fim de sua vida, magra, claudicante, ar inquieto, virando o pescoço sem cessar da direita para a esquerda como os movimentos bruscos de um pássaro velho. Hélène a visitava com frequência em Coudray e, ao saber disso, eu ia quase todos os dias à casa daquela boa Cécile, sob um pretexto ou outro; depois, acompanhava Hélène até a entrada da floresta.

Cécile me disse um dia, quando eu olhava o pêndulo e procurava estender a visita:

— Hélène hoje não virá mais.

Protestei que não era por Hélène. Mas... Ela se levantou; atravessou o cômodo; passou maquinalmente o dedo sobre o encosto esculpido de uma cadeira e olhou se havia um traço de poeira (em sua casa, a mãe tinha-lhe submetido todos os cuidados caseiros e não a deixava em paz: ela andava sempre com um ar ansioso pelos quartos, arrumando uma cortina, soprando um espelho embaçado, endireitando uma flor, virando a cabeça de um lado e de outro com inquietude como se esperasse ver a mãe escondida na sombra e espiando). Ela me disse com uma voz comovida:

— Senhor Sylvestre, jamais alguém veio aqui por minha causa... Até a idade de 17 anos, nem pensei nisso. Depois convidaram alguns jovens. Alguns vinham por causa da empregada, outros pela filha da jardineira que era loira e bonita, depois, quando Hélène cresceu, por ela. Isso continua. Não me espanta. Mas não quero que riam de mim. Diga-me, portanto, simplesmente que o senhor deseja ver Hélène e eu lhe direi os dias e as horas em que ela vem.

Ela falava com uma espécie de emoção contida que doía.

— A senhora gosta de sua irmã? — perguntei.

— Não é minha irmã. É uma estranha para mim, mas eu a conheci criança, e gosto dela, claro que gosto. Ela não é mais feliz do que eu, aliás — acrescentou, com uma espécie de sombria satisfação. — Cada um com suas misérias.

— Não pense, sobretudo, que ela está sabendo... Eu ficaria desesperado se a senhora imaginasse alguma cumplicidade...

Ela sacudiu a cabeça:

— Hélène é uma mulher fiel — respondeu.

— Verdade? Seu marido é tão idoso que não pode racionalmente esperar uma fidelidade que, no caso, seria quase monstruosa — argumentei com ardor. — Ela tem 20 anos e ele mais de 60. Uma união como essa só pode se explicar pelo desespero.

— É como de fato se explica. O senhor entende, Hélène sendo filha de um primeiro casamento, minha mãe...

— Eu sei, mas nessas condições, acredita que se pode falar em fidelidade?

A moça me lançou um rápido olhar:

— Eu não disse que ela permanece fiel ao marido.

— Ora! A quem então?

— Pergunte a ela.

De novo, ela retomou seu andar incerto pela sala de Coudray; chocava-se contra os móveis como um pássaro noturno fechado num quarto. Agora, lembrando e revendo a expressão que tinha na época, o relato de Brigitte ganha uma luz sulfurosa, sinistra, como se a própria alma daquela jovem senhora me aparecesse. Ela jamais pôde perdoar Hélène por ter sido mais amada que ela. Ela me lembra uma palavra atroz dita por uma de minhas parentas que tomou sob seus cuidados uma pobre mulher do campo; ela lhe levava provisões, tamancos, guloseimas, brinquedos para os filhos, quando a mulher, um dia, disse-lhe estar às vésperas de voltar a se casar — tinha perdido o marido na guerra — com um bravo e belo rapaz tão pobre quanto ela. Sua benfeitora imediatamente cessou as visitas. Ao encontrá-la algum tempo depois, como a mulher a reprovasse com delicadeza ("A senhorita me esqueceu"), minha parenta respondeu com secura:

— Minha pobre Jeanne, eu não sabia que você era feliz.

Cécile Coudray, que salvou a honra de Hélène e talvez sua vida quando achou que a irmã estava numa enrascada, jamais a perdoou por ser feliz. É humano

Com angústia, supliquei:

— O que quer dizer?

Mas ela — a velha coruja — contentou-se em agitar suas asas sombrias diante de mim. Ainda estava de luto pela mãe;

suas cortinas de crepe esvoaçavam ao seu redor. Deixei Coudray mais violentamente apaixonado do que estava até então. E o tipo de reserva que ainda me retinha diante de Hélène cedeu; eu lhe fiz a corte... Ah! Como se fazia então, com muita doçura, pudor. Nada de declarações brutais como os jovens de hoje. Suponho que Marc Ohnet teria rido. Mas, no fundo, era sempre a mesma coisa, o mesmo desejo... a mesma torrente ruidosa e devoradora do amor. Ela me ouviu com uma gravidade triste e profunda; confirmou:

— Cécile não mentiu. Amo alguém.

Ela então me contou seu encontro com François, como o tinha amado desde criança, sua partida, sua própria vida maravilhosa na família e, para terminar, aquele casamento com um velho, e enfim o retorno de François. Eles não quiseram enganar o velho marido! E se separaram.

— E agora você está esperando a morte do marido? — perguntei.

Ela empalideceu um pouco, depois sacudiu a cabeça.

— Ele tem quarenta anos mais do que eu — comentou com delicadeza. — Seria ridículo pretender que eu o amasse. Mas não desejo sua morte. Cuido dele o melhor que posso. Procuro estar presente...

Ela hesitou:

— Uma amiga, uma filha, uma enfermeira, tudo que você quiser. Não uma mulher. Não sua mulher. Mas quero ser fiel apesar de tudo, não apenas de corpo, mas de alma. Por isso François e eu nos separamos. Ele aceitou um posto no estrangeiro. Nós sequer nos escrevemos. Cumpro aqui todo meu dever. Se meu marido morre, François terá de esperar alguns meses antes de voltar. Tudo será feito sem mágoas. Não queremos causar nenhum escândalo. Ele voltará e nós nos casaremos. Se meu marido viver ainda longos anos, pior para mim. Minha juventude passará e todas as minhas chances de felicidade, mas não terei na consciência uma atitude tão baixa. Quanto a você...

— Quanto a mim — completei —, o que tenho de melhor a fazer é ir embora o mais depressa possível.

Ela me repetiu tudo o que as mulheres costumam dizer em casos semelhantes: que eu não guardasse raiva dela, que aquilo não era só para agradar, mas que, sentindo-se sozinha, todas as amizades lhe eram preciosas, que eu seria seu amigo... Quanto a mim, eu só via uma coisa, que ela amava outro homem e sofria. Assim acabou o idílio.

Era o ano de 1912. Retornei à África por dois anos. Voltei para a França alguns meses antes da guerra. Minha mãe tinha morrido. Meu primo Montrifaut ainda vivia. Fui visitá-lo; ele estava doente e, todos esperavam, perto do fim: era mantido à custa de injeções; era de uma exigência insuportável, com ataques de cólera, quase louco.

— Ele é infeliz e atormenta os outros — dizia-se.

Todos estavam de acordo em elogiar a conduta de Hélène.

— Mas ela não sofrerá muito tempo, agora — murmuravam as damas de província e suspiravam de piedade e de inveja ao mesmo tempo, pensando na herança.

Soube, no entanto, o que todos ignoravam: o velho Montrifaut só deixava para a jovem mulher uma pequena parte de sua fortuna; o resto ia para a família de seu irmão. Hélène conhecia estas disposições, mas era (é ainda) uma dessas mulheres nada interesseiras. Hélène não seria ela se agisse por interesse pessoal, o mesmo traço de caráter que se encontra em François. Assim Hélène sabia que seu devotamento não teria qualquer recompensa e era justamente isso que tanto exigia dela. Tinha uma grande necessidade de estimar a si própria.

— Afinal — explicou-me —, ele foi bom para mim apesar de tudo.

O doente sofria crises esgotantes de asma, mas, quando o vi, queixava-se, sobretudo, das insônias cruéis. Estava sentado na cama (aquele quarto depois foi transformado em sala). Usava à moda antiga um cachecol enrolado na cabeça; estava assustador e estranho, com seu grande nariz arrogante cuja sombra se perfilava na parede, pela pequena lâmpada acesa em sua cabeceira. Sua voz não passava de um sopro.

Ele me disse que, há dois meses, não sabia o que era dormir. Para confortá-lo, assegurei que, na sua idade, não se precisava mais dormir muito, que minha mãe teria vivido mais se não fosse sujeita a sonolências frequentes durante as quais o sangue invadia lentamente seu cérebro, o que acabou por matá-la.

— Sei, sei — fez ele — mas pense bem... Dois meses sem dormir... é assustador porque multiplica minha vida por dois.

— E você ainda se queixa! — exclamei. — Para mim, dez vidas não me bastariam!

E era verdade. Eu me sentia tão forte, naquele tempo, o corpo firme para atingir cem anos.

Eu olhava Hélène ao falar assim.

Hélène suspirou, aquele suspiro involuntário queria dizer muitas coisas. Estava pálida e magra. Tinha enfeiado naqueles dois anos; via-se que lhe faltavam exercícios e ar; estava confinada o tempo todo naquele quarto de doente. Quando me viu, estava calma e sorridente como sempre, mas, ao me apertar a mão, ao me dirigir palavras banais de boas-vindas, sua voz a traía: havia uma quebra de repente, um buraco naquelas palavras amáveis e vagas que pronunciava; era uma alteração súbita e profunda do timbre da voz, como se o sangue afluísse brusco ao seu coração, e eu, ao lhe responder, ouvi em minha própria voz as mesmas falhas. Olhamo-nos em pé junto ao doente, eu com um triunfo mal disfarçado, ela com uma espécie de consternação. E aquele suspiro!... Significava que ela me compreendia, que invejava minha liberdade, que ela também, em outras circunstâncias, teria desejado dez vidas para esgotar todas, mas via aqueles dias, aqueles anos fugidios, perdidos para o amor.

Quando me acompanhou até a porta, perguntei se tinha notícias de François. Ela lançou um olhar inquieto em direção à cama do moribundo.

— Ele nunca me escreve — confidenciou.

— O acordo entre vocês se mantém?

— Sempre. François não muda.

Eu me pergunto agora até que ponto ela estava certa. François, na sua pequena cidade da Boêmia, fazia o quê naquela bela primavera ardente? Não teria como segundo plano alguma bela camponesa, alguma jovem empregada? Afinal, nós três éramos jovens. Não se trata apenas das exigências da carne. Não, não é tão simples. Ela, a carne, se satisfaz barato. Mas é o coração que fica insaciável, o coração que precisa amar, se desesperar, queimar com um fogo qualquer... Era isso que queríamos. Queimar, nos consumir, devorar nossos dias como o fogo devora as florestas.

A noite da primavera de 1914 foi a mais bela das primaveras. A porta atrás de nós ficou aberta e vimos sobre a parede a sombra de um grande nariz seco. Estávamos de pé no corredor branco onde, tantas vezes depois, Hélène, com os filhos agarrados a sua saia, veio em minha direção. No seu tom sempre cordial e sem alterações, convidou-me:

— É você, meu bom Silvio, entra. Sobrou um ovo e uma costeleta. Quer almoçar?

Meu bom Silvio... Ela não me chamava assim, naquela noite, mas disse apenas:

— Silvio (a própria palavra era uma carícia), vai ficar muito tempo por aqui?

Eu não respondi, mas perguntei, mostrando a sombra na parede:

— É muito difícil?

Ela estremeceu:

— Muito, sim, mas não quero me queixar.

Insisti cruelmente:

— Mas ele vai morrer logo, François voltará.

— Ele voltará — confirmou ela. — Sim. Mas faria melhor se não viesse.

— Você ainda o ama?

Falávamos maquinalmente. Nossos lábios se mexiam, mas mentiam. Apenas nossos olhos se interrogavam e se reconheciam. Mas, quando a tomei nos braços, enfim nossos lábios foram sinceros.

Jamais esquecerei aquele instante. Foi quando vi na parede branca como giz a sombra de nossas cabeças confundidas. Por toda parte, luzes, surdas lamparinas. Por todo aquele grande corredor nu dançavam, oscilavam e se afastavam sombras.

— Hélène — chamou o doente. — Hélène.

Nós não nos mexemos. Ela parecia me beber, aspirar meu coração. Eu, quando a deixei ir, já não a amava tanto.

Este livro foi composto na tipologia
Electra Lh Regular, em corpo 11/15,5, e impresso
em papel off-white 90g/m² no Sistema Cameron
da Divisão Gráfica da Distribuidora Record.